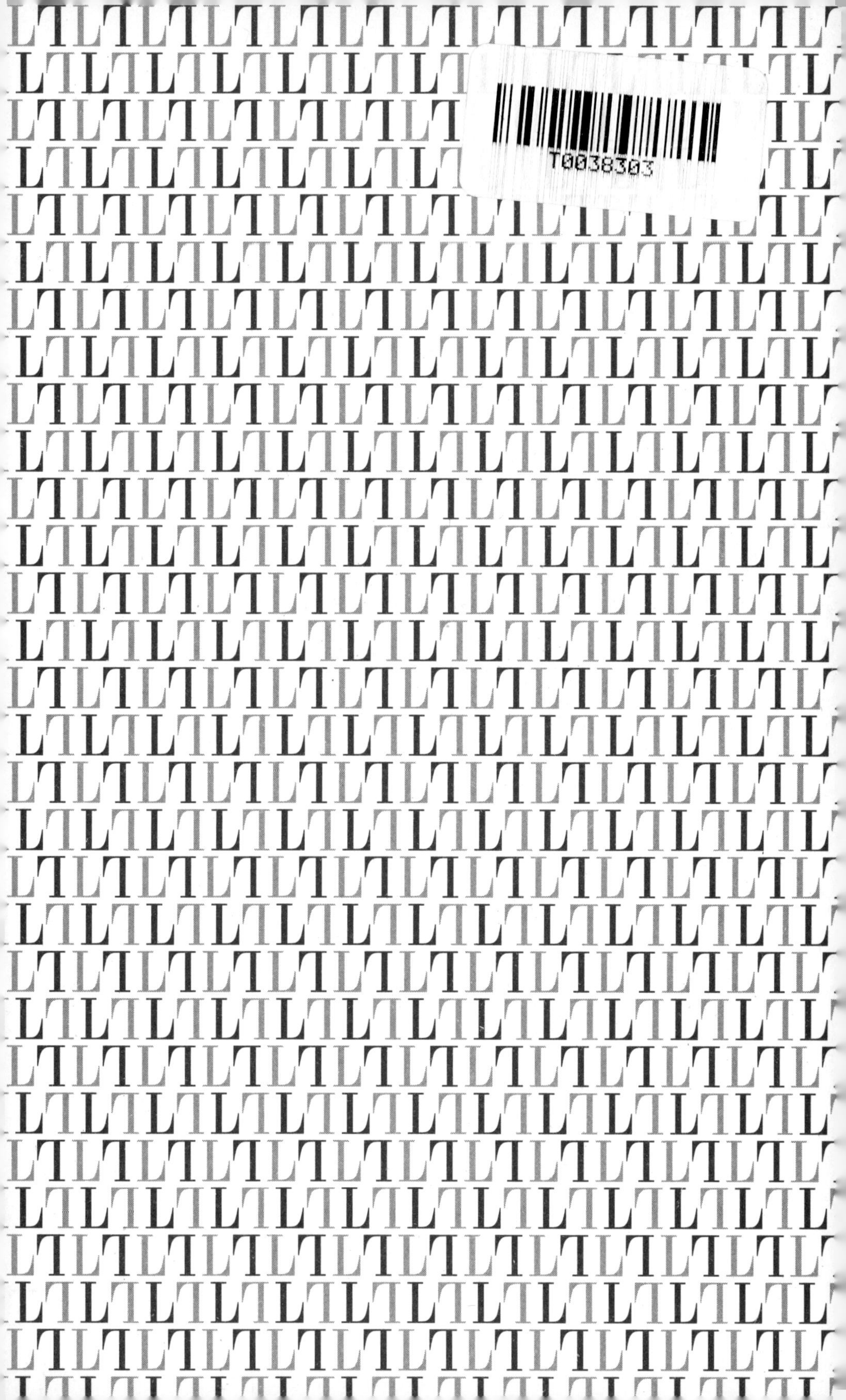
T0038303

La promesa

La promesa

Silvina Ocampo

Edición al cuidado de
Ernesto Montequin

Lumen

narrativa

Papel certificado por el Forest Stewardship Council®

Primera edición: octubre de 2023

Printed in Spain – Impreso en España

ISBN: 978-84-264-2627-7
Depósito legal: B-13.754-2023

Impreso en Unigraf, Móstoles (Madrid)

H 4 2 6 2 7 7

Nota preliminar

Es doloroso terminar algo. ¿Por qué marcarlo como Beethoven, que desperdicia en acordes finales cinco minutos? Toda su obra está impregnada de esa preocupación final. No me gusta la convención de las cosas, que una novela tenga final, por ejemplo.

S. O. a Noemí Ulla,
Encuentros con Silvina Ocampo (1982)

Entre 1988 y 1989, asediada por la enfermedad que oscureció el último período de su vida, Silvina Ocampo se dedicó afanosamente a corregir y completar *La promesa*, la novela en la que había trabajado, con largas intermitencias, desde mediados de la década de 1960.* Durante ese lapso de casi veinticinco años, la había sometido a cíclicas reescrituras, la había abandonado y vuelto a retomar varias veces. Sin embargo, su exis-

* El borrador más temprano que se conserva, titulado *En la orilla del sueño*, está contenido en un cuaderno donde también hay esbozos de poemas de *Amarillo celeste* (1972) y de una carta en que la autora se refiere a la muerte reciente del doctor Adolfo Bioy, ocurrida en agosto de 1962.

tencia como *work-in-progress* nunca fue enteramente secreta: había sido anunciada al menos desde finales de 1966, cuando una breve nota periodística informaba que Silvina Ocampo «actualmente trabaja en la composición de una novela que aún no tiene título definitivo».* En 1975, en respuesta a un cuestionario epistolar, la autora reveló uno de sus títulos preliminares —*Los epicenos*—, declaró que era «lo mejor que he escrito» y afirmó que «según mis cálculos será [*sic*] terminada a principios del año que viene».** En una entrevista publicada tres años más tarde, la definió como una «novela fantasmagórica» y admitió su dificultad para concluirla «porque el personaje central está contando cosas, interminablemente. Hay algo que la lleva (mi protagonista es una mujer) a seguir contando y contando... Es una promesa que ha hecho y la cumple para no morir, pero se ve que ella va muriendo».*** Ese escueto resumen de su argumento proporciona una clave de lectura que permite leer *La promesa* bajo la forma de una *autobiografía póstuma* y al mismo tiempo anticipa, con ironía trágica, el desenlace que iba a unir en un destino similar, diez años más tarde, a la protagonista y a su autora.

La promesa es la ficción más extensa de Silvina Ocampo y la que le demandó, a juzgar por el examen de las cuantiosas versiones preliminares, un mayor esfuerzo compositivo. Construida como una serie de relatos encadenados, toma su forma del «diccionario de recuerdos» que la narradora innominada

* «Vida literaria», *La Nación*, 9 de octubre de 1966.

** Danubio Torres Fierro, «Correspondencia con Silvina Ocampo (una entrevista que no osa decir su nombre)», *Plural*, 50, noviembre de 1975, pp. 57-60.

*** María Esther Vázquez, «Con Silvina Ocampo», *La Nación*, 10 de septiembre de 1978.

compila *mientras agoniza* flotando a la deriva en el mar luego de caer del barco en que viajaba. Las personas que conoció a lo largo de su vida desfilan, erráticamente, por el teatro de su memoria; a muchas de ellas sólo les corresponde una biografía sintética que en la mayor parte de los casos es un relato autónomo, completo en sí mismo; otras, en cambio, pertenecen a una misma historia cuyas ramificaciones abarcan casi toda la novela. La elección de esa estructura concéntrica, abierta a múltiples digresiones e interpolaciones, no sorprende en quien afirmaba haber elegido el cuento «por impaciencia» y que hizo de la compresión y la brevedad un credo literario. Libre de los rigores que le hubiera impuesto el desarrollo de una trama lineal, pudo dedicarse a la invención independiente y concentrada de episodios o de fragmentos que luego podían insertarse en el texto sin alterar la proliferante arquitectura del conjunto. Sin embargo, la alternancia de esos planos narrativos sin duda exigía un delicado trabajo de imbricación que contribuye a explicar las marchas y contramarchas que condicionaron el arduo proceso de su escritura.

A lo largo de los años, durante esa prolongada tarea de redacción y ensamblaje, *La promesa* sufrió al menos dos modificaciones sustanciales. La primera fue la extracción de diecisiete de sus episodios, que la autora incluyó como cuentos en el volumen *Los días de la noche* (1970),* aunque conservó uno de ellos, «Livio Roca», en ambas obras. Poco después, incorporó una laberíntica historia de pasiones discordantes entre

* Son los siguientes: «Ulises», «Atinganos», «Las esclavas de las criadas», «Ana Valerga», «El enigma», «Celestino Abril», «La soga», «Coral Fernández», «Livio Roca», «Clavel», «Albino Orma», «Clotilde Ifrán», «Malva», «Amancio Luna, el sacerdote», «La divina», «Paradela» y «Carl Herst».

dos mujeres, un hombre y una niña, cuyos rasgos y nombre de varón —el arcangélico Gabriel— parecen haber originado el descartado título *epiceno*.* Esta historia, que procede de un guión cinematográfico escrito a mediados de la década de 1950 y titulado *Amor desencontrado*, es la única que la narradora retoma, sinuosamente, a lo largo de su relato.

El texto que reproducimos es la última versión de *La promesa* hallada entre los papeles de la autora. El manuscrito, encarpetado y con su título definitivo en la portada, consta de ciento cincuenta y dos hojas dactilografiadas, en las cuales hay unas pocas correcciones y adiciones de puño y letra de Silvina Ocampo. Al igual que la mayor parte de los originales de la escritora, fue pasado a máquina por Elena Ivulich, su secretaria durante más de cuarenta años. Por regla general, sólo hemos alterado la sintaxis o la puntuación de la autora cuando fue necesario asegurar la plena legibilidad del texto; en algunos casos, no obstante, fue necesario recurrir a los borradores —autógrafos o dactilografiados— para subsanar errores de transcripción. Cabe aclarar, asimismo, que la repetición de algunas escenas, con ligeras variantes en el punto de vista de la narradora o en la identidad de los personajes, obedece al plan de la novela, como lo prueba una nota manuscrita de Ivulich insertada entre las hojas del original donde señala la ubicación de algunas de esas reescrituras en el texto y añade que son deliberadas porque «los recuerdos son recurrentes».

Independientemente de su declarada aversión a los finales regidos por la convención literaria, la autora no dejó indicios precisos que permitan afirmar que consideraba terminada *La promesa*. Sin embargo, la vertiginosa disolución de la con-

* Otro de los títulos preliminares fue *Memoria de la ciudad perdida*.

ciencia de la narradora, que el último tramo de la novela registra con creciente exuberancia lírica, se corresponde con la sucinta descripción que la autora dio de su argumento *fantasmagórico*. Esas páginas finales de *La promesa*, escritas a mano en hojas sueltas, con trazos intrincados y vacilantes, son también algunas de las páginas finales de Silvina Ocampo. En ellas la autora y su personaje parecen compartir, por momentos, la misma voz.

E. M.

La promesa

Soy analfabeta. ¡Cómo podría publicar este texto! ¡Qué editorial lo recibiría! Creo que sería imposible, a menos que suceda un milagro. Creo en los milagros.

«Te quiero y prometo que seré buena», yo solía decirle para conmoverla en mi infancia y mucho tiempo después cuando le pedía algún favor, hasta que supe que era «abogada de lo imposible». Hay personas que no comprenden que uno hable a una santa como a cualquiera. Si hubieran conocido todas mis oraciones dirían que son blasfemias y que no soy devota de Santa Rita.

Las estatuas o las estatuitas representan habitualmente a esta santa con un libro de madera, misterioso, en la mano que apoya sobre su corazón. No olvidé el detalle de esta actitud cuando le hice la promesa, si me salvaba, de escribir este libro y de terminarlo para el día de mi próximo cumpleaños. Falta casi un año para esa fecha. Comencé a inquietarme. Pensé que costaría mucho sacrificio cumplir con mi promesa. Hacer este diccionario de recuerdos a veces vergonzosos, humillantes, significaría dar mi intimidad a cualquiera. (Tal vez esta inquietud resultó infundada.)

No tengo vida propia, tengo sentimientos. Mis experiencias no tuvieron importancia ni a lo largo de la vida ni aun al borde de la muerte, en cambio la vida de los otros se vuelve mía.

Copiar sus páginas a máquina, pues no dispongo de dinero para pagar las copias a una dactilógrafa, significaría hacer un trabajo ímprobo (no dispongo de amigas desinteresadas que sepan escribir a máquina). Presentar el manuscrito a editores, a cualquier editor del mundo, que tal vez me negaría la publicación del libro para tener ineludiblemente que pagarlo con la venta de objetos que aprecio o con algún trabajo subalterno, el único del que sería capaz, significaría sacrificar mi amor propio.

Qué lejos están los días felices en que comía con mis sobrinitos en Palermo, en las hamacas, en el tobogán los comisarios y los masticables de chocolate blanco; épocas aquellas en que me sentía desdichada, que ahora me parecen felices, en que mis sobrinitos se ensuciaban tanto las manos al jugar con tierra, que al volver a la casa de mi hermana en lugar de bañarme o de ir al cine tenía que limpiarles las uñas con jabón Carpincho como si hubieran estado en el Departamento Central de Policía después de dejar las fatídicas impresiones digitales.

Yo que siempre consideré que era inútil escribir un libro, me veo comprometida a hacerlo hoy para cumplir una promesa sagrada para mí.

Me embarqué rumbo a Ciudad del Cabo hace tres meses en el barco Anacreonte, para reunirme con la parte menos tediosa de mi familia: un cónsul y su mujer, primos que siempre me protegieron. Todo lo que se espera con demasiada ansiedad se cumple mal o no se cumple. Enferma, tuve que volverme en cuanto llegué, por culpa de un accidente que tuve en el viaje de ida. Caí al mar. Resbalé de la cubierta en el sitio donde están los botes de salvataje cuando me inclinaba sobre la baranda para alcanzar un broche que se me había caído y que pendía de mi bufanda. ¿Cómo? No lo sé. Nadie me vio caer. Tal vez tuve un desmayo. Me desperté en el agua atontada por el golpe. No me acordaba ni de mi nombre. El barco se alejaba imperturbablemente. Grité. Nadie me oyó. El barco me pareció más inmenso que el mar. Felizmente soy buena nadadora, aunque mi estilo sea bastante deficiente. Pasado el primer momento de frío y de terror me deslicé lentamente en el agua. El calor, el mediodía, la luz me acompañaban. Casi olvidé mi situación angustiosa porque amo los deportes y ensayé todos los estilos en mi natación. Simultáneamente pensé en los peligros que me depararía el agua: los tiburones, las serpientes de mar, las aguas vivas, las trombas marinas. Me tranquilicé con el vaivén de las olas. Nadé o hice la plancha ocho horas consecutivas, esperando que el barco volviera a buscarme. A veces me pregunto cómo pude alimentar esa esperanza. Tampoco lo sé. Al principio el miedo que sentía no me dejaba pensar, luego pensé desordenadamente: acudían a mi mente maestras, tallarines, films cinematográficos, precios, espectáculos teatrales, nombres de escritores, títulos de libros, edificios, jardines, un gato, un amor desdichado, una silla, una flor cuyo nombre no recordaba, un perfume, un dentífrico, etc. ¡Memoria, cuánto me hiciste sufrir! Sospeché que estaba por morir o muerta ya en la confusión de mi memoria. Luego advertí, al sentir un ardor agudo en mis ojos debido al agua salada, que estaba viva y lejos de la agonía puesto que los ahogados, es sabido, a punto de morir son dichosos y yo no lo era. Después de desvestirme o de haber sido desvestida por el mar, pues el mar desviste a las personas como si tuviese enamoradas manos, llegó un momento en que el sueño o el deseo de dormir se apoderó de mí. Para no dormirme, impuse un orden a mis pensamientos, una suerte de itinerario que ahora aconsejo seguir también a los presos, a los enfermos que no pueden moverse o a los desesperados que están por suicidarse.

Empecé mi itinerario de recuerdos con los nombres y la descripción minuciosa y a veces biográfica de las personas que en mi vida había conocido. Naturalmente que no acudían a mi memoria en un orden cronológico ni en un orden que respetara la jerarquía de mis afectos, acudían caprichosamente: los últimos eran los primeros y los primeros los últimos, como si mi pensamiento no pudiera obedecer los dictados de mi corazón. En mi memoria algunas personas aparecieron sin nombre, otras sin edad, otras sin fecha de presentación, otras sin la seguridad de que fueran personas y no fantasmas o inventos de mi imaginación. De algunas no recordaba los ojos, de otras las manos, de otras el pelo, la estatura, la voz. Como Shahrazad al rey Shahriar, en cierto modo conté cuentos a la muerte para que me perdonara la vida a mí y a mis imágenes, cuentos que parecía que no iban a terminar nunca. A menudo me da risa pensar ahora en ese ilusorio orden que yo me proponía y que me pareció tan severo en el momento de practicarlo. A veces me sorprendía la vívida presencia en mí de mi pensamiento formulado en una sola frase, era como una viñeta de esas que se intercalan al final del capítulo de un libro o que encabezan las páginas más importantes. Naturalmente que el orden se respeta de un modo diferente en la mente sola que en el papel cuando está escrito. Dentro de lo posible trataré de reconstruir en estas páginas el orden o desorden aquel que construí con tanta dificultad en mi mente, a partir del momento en que hallé en las aguas, como a través de un vidrio, una tortuga de mar parecida al sastre Aldo Bindo, que me hizo recordar por una caprichosa asociación de ideas a Marina Dongui (detrás del vidrio de una frutería), que, como él, tenía un lunar en la mejilla izquierda. Comencé a enumerar y a describir personas:

Marina Dongui

Marina Dongui, la vendedora de fruta, es la primera persona que se me presentó involuntariamente en el recuerdo. Rubia, blanca y nerviosa, se asomaba a la puerta de la frutería cuando yo pasaba con mi hermano, para guiñarle un ojo. Sus pechos parecidos a algunas frutas rebosaban de su escote y mi hermano se detenía para mirarla a ella: pero qué digo, no a ella, sino a sus pechos y no a las naranjas de ombligo, que costaban muy caras.

—Señorita Marina, ¿cuánto valen las naranjas? —decía mi hermano.

—Aquí está el precio —señalaba la etiqueta con su mano regordeta y tomando una naranja la mostraba acariciándola, con una sonrisa indecente para provocar sin duda a mi hermano, que es bárbaro.

Debajo de la falda azul se adivinaba la marca en los muslos de la faja que la ceñía demasiado. Las piernas sin medias tenían una piel muy lisa y blanca, roja como un damasco pecoso al acercarse a los zapatos, que eran siempre negros y con tacos finos como alfileres.

—Señorita Marina, deme media docena de naranjas.

—¿Por qué naranjas, si es la fruta que menos nos gusta? —protestaba yo, sintiendo el aguijón de los celos que me provocaba la infeliz de Marina.

La humillación de los celos es no poder elegir el objeto que los inspira.

Mi hermano Mingo se acercaba al mostrador sin escucharme y ahí, ostentando en su frente una vena que se marcaba sólo por la emoción, la arrinconaba contra los cajones; cuando ella sacaba la cuenta sobre el papel en que después envolvía las naranjas, él aprovechaba para tocarla. Era una relación de frutas, símbolo tal vez del sexo. Pero yo me salgo del tema que me he propuesto: describir personas y no situaciones ni relaciones.

La cara de mi hermano se me ha perdido; ni el color de sus ojos rayados como los bolones de vidrio azul y verdes se presenta a mi memoria.

Amar demasiado ciega el recuerdo, a veces.

¿Pero a quién amaba?

Aldo Bindo

Aldo Bindo era bajo, corpulento y blanco. Todos los domingos se dedicaba a la equitación. Sus anteojos brillaban en su cara como en un escaparate; tenía un mechón de pelo rizado y rubio y un mechón de pelo lacio y blanco en su cabeza alargada. No tenía edad. Con el centímetro puesto como una condecoración sobre los hombros, acudía corriendo de los fondos de la sastrería cuando le avisaban que yo lo esperaba. En el espejo, con el *tailleur* que yo ya tenía puesto, me miraba llena de alfileres, arrodillado a mis pies. Muchas veces volvía a tomar mis medidas como si no las conociera. Con un lápiz que era ya casi una uña anotaba las medidas en un papel madera que encontraba siempre en alguna silla. Cuando tomaba las medidas en mi pecho, con satisfacción tocaba ciertas protuberancias de la solapa sabiamente colocadas de un modo indecente, pero cuyos pormenores pertenecían a su profesión; cuando medía mis caderas, con cierta impaciencia hacía girar el centímetro para dejarlo caer con desencantado ademán, soltando una de las puntas que abarajaba con la otra mano para ponérselo de nuevo alrededor del cuello. Su mujer, junto al espejo, con una cara blanca y blanda como una informe miga de pan, le alcanzaba los alfileres y la tiza; a veces descosía una costura con enormes tijeras para que él con maestría tomara, como un cocinero una masa, el género descosido en sus manos y le aplicara alfileres para modificar un pliegue sin mejorarlo. Fruncía el entrecejo y, cuando estaba resfriado, el ruido de sus estornudos era contagioso hasta por teléfono. Sus manos parecían preferir la colocación de las mangas, todo lo que rodeaba el pecho de las clientas que no eran demasiado viejas, las solapas, los botones de la parte delantera del abrigo. Soplaba. Resoplaba. El ruedo, por el contrario, lo hacía sufrir. No bastaba que le aplicara unas rayas con tiza para que se sintiera libre de responsabilidad, medía con el centímetro los bordes hasta el suelo. Los zapatos que calzaba crujían siempre. Nunca pensé que tuviera pies con uñas o con dedos metidos adentro de esos impenetrables zapatos. Un día lo encontré en una playa y no lo reconocí de lejos, pero cuando le acomodó a su mujer la salida de baño en los hombros grité: «Ahí está Aldo Bindo», y corrí a saludarlo. Untada de aceite bronceador, su cara relucía con alegría, ¿pero el centímetro? ¿Cómo podía estar sin el centímetro? Unos minutos después vi que en la arena húmeda, con su dedo gordo del pie, mientras me hablaba, dibujaba un centímetro, hablándome con admiración de la señora de Cerunda.

En aquellos días yo me enamoré del mar como de una persona; llorando me arrodillaba para despedirme de él, para irme a Buenos Aires al concluir las vacaciones.

Alina Cerunda

Alina Cerunda era bonita a pesar de sus setenta años. Quien diga que no lo era, miente. Sin embargo, los viejos parecen siempre disfrazados y esto los arruina. Yo sé de buena fuente que nunca se bañaba. Impecablemente peinada, con el pelo batido hasta cuando dormía, parecía limpia. He visto a Alina Cerunda en la cama, como un cuadro. Rodeada de ovillitos de lana de varios colores como dentro de un nido antihigiénico, tejía primorosas batitas para recién nacidos o escarpines con pompones para viejos o enfermos. Muchas veces, como un ángel que vela sobre la vida alimenticia de los hombres, la vi hacer yema quemada o budines del cielo, vainillas y alfajores. Delgadita, alta, con el pelo blanco y azul como un vistoso adorno de postre, la considero una de las mujeres más hermosas. A veces la vista cansada enrojece los párpados; en ella el cansancio es una pintura que le agranda los ojos. Si fuera mi mamá le haría hacer un retrato por un buen pintor y lo colgaría en el lugar más conspicuo de la casa. ¡Qué recuerdo de familia! Sus ojos verdes hacían juego con el color del collar, que era verde también.

Pero ¿por qué recuerdo tantas cosas que no me sirven para nada? ¡Qué tedio era estar con Alina Cerunda! Y ahora, ¿por qué pienso en ella? ¿Será de mal agüero?

Gabriela

Como cuando estaba enferma, después de cuarenta días de estar acostada añoraba la cama, añoro el mar. El mar, el mar. «El mar lleno de urgencias masculinas.» ¿De quién será ese verso? Gabriela, ¡qué bonita era! Del color del agua eran sus ojos.

En el mosaico de San Apolinario, en Ravena, el Arcángel Gabriel tiene ojos grandes y asombrados, cabellera levemente enrulada, partida al medio, nariz pequeña y fina, boca bien dibujada con un movimiento descendente en la comisura de los labios del lado derecho, expresión apacible con un halo de santidad, el óvalo de la cara más bien redondo o no muy alargado, una túnica blanca y dos grandes alas. La pobre Irene había recortado de una revista la fotografía de aquel mosaico, primero para anotar una dirección en el reverso de la hoja, luego, porque le gustó, la tuvo bajo un vidrio durante ocho años, en su cuarto de soltera. Decía que durante su embarazo había mirado muchas veces la imagen distraídamente, sin pensar que su hija iba a parecérsele tanto. A menudo se asombraba de que Gabriela no fuera varón, no tuviera alas y una vestidura extraña como aquella de la imagen. Habitualmente, para abreviar un poco el nombre y porque le gustaba más decir Gabriel que Gabriela, la llamaba Gabriel. Recordaba los años de su infancia en España, tan diferentes a los de Gabriel. Haber nacido en España le parecía un sueño. No tenía conciencia del abandono que infligía a veces a su hija y creía ella sola haber sido la niña más abandonada del mundo. Tenía tres o cuatro años cuando su madre se casó en segundas nupcias con un hombre que no quería soportar la presencia de hijos ajenos. Vivían en Ginzo de Limia, un pueblo apartado y pobre. En menos de nueve meses, la madre la abandonó a ella y a su hermana, que era mayor. Pidieron limosna por la calle. En un lupanar les dieron asilo en la buhardilla y todas las sobras de alimentos que quedaban del día.

Fue después de un tiempo, cuando supo que aquellas mujeres eran prostitutas, que valoró la bondad (entonces le parecía tan natural) que les habían prodigado a ella y a su hermana. Recordaba con mucha precisión a una de las mujeres, que siempre llevaba el pelo suelto y largo hasta la cintura, que siempre se asomaba a un balcón a respirar el aire, aun en invierno cuando caía la nieve. La estrechaba en sus brazos cuando lloraba como si hubiera sido su madre. Cuando tuvo que irse de esa casa (que ya le parecía la propia), porque su padrastro arrepentido las mandó llamar, lloró como no había llorado por nadie. El tiempo que pasó en la casa paterna antes de embarcarse para la Argentina fue fugaz. Un día, el más memorable, su padrastro, borracho, le ató a la cintura una cuerda y, en el balcón del primer piso de la casa, la balanceó en el aire hasta que se juntó mucha gente del pueblo, que no se atrevía a decir nada al hombre por miedo a que la dejara caer. Ella, entretenida con el juego, no advirtió el peligro que estaba corriendo.

Todo lo demás se había borrado en su memoria y volvían a aparecer recuerdos de los dientes de leche, de la entrada a la escuela, de Buenos Aires, de la gente diferente, del paisaje llano, del río por todas partes, de las dificultades de la vida en la casa de su tía que la había recogido, de la infancia que va cambiando, de la ropa que va quedando chica, de los múltiples aprendizajes de la vida (lavarse la cara, los dientes, vestirse, comer, orinar, defecar correctamente), de la adolescencia, de la edad del desarrollo. Con el encuentro del amor creyó en la salvación efímera de su carrera. El casamiento la desilusionó. La noticia de la muerte de su madre (muerte que jamás se aclararía), que pasó doce horas en la nieve del bosque, tirada, y que los lobos no habían devorado por milagro, la atormentó; y luego como si no fuera bastante sobrevino el abandono en que la dejó su marido para irse con otra, y luego Gabriel, Gabriel, Gabriel y Leandro... pero Gabriel sobre todo.

Vislumbré un relámpago en el cielo, después otro y otro. Si fuera valiente, cómo me gustaría que se desencadenara una tormenta. Cerré los ojos. Llovió un poquito. Volví a abrir los ojos. Las nubes se alejaban. ¡Por qué no me llevarán!

Irene Roca

Irene en nada se parecía a su hija. Irene era de carácter alegre. Sus facciones regulares hacían pensar en una muñeca de porcelana deteriorada. Gabriela esperaba a Irene en la plaza Las Heras. La había seguido aquel día, que ahora recuerdo al evocar la cara de Irene. ¡Estaba tan bonita vestida de verde, con ese collar de perlas diminutas y un par de guantes blancos, que llevaba en la mano como un ramillete! Gabriela la perdió de vista en un momento de distracción, frente a una cigarrería donde vendían bolitas de vidrio. Apenada la vi sentadita sobre un banco de madera verde comiendo una naranja y mirando, sin saberlo, la puerta por donde ella había entrado.

¿Qué hacen las mujeres cuando no están en sus casas? Cuando eran puras como su madre se dedicarían a ocupaciones serias, pensaría Gabriela. Luego pensaría como de costumbre en el acto sexual. Lo que más deseaba en el mundo de su curiosidad era ver a un hombre y a una mujer haciéndolo. Había visto gatos, perros, palomas, guanacos, monos cometer ese acto, pero nunca a seres humanos. Juancha, una compañera de escuela, le había dicho que era muy divertido.

Para llegar a ese cuarto desordenado, con libros en el suelo, medias sobre las sillas, paquetes semiabiertos con pan sobre una mesa, camisas tiradas en el piso, Irene había atravesado un zaguán, con puerta cancel de vidrios azules, del color del mar que estoy viendo, y rojos, luego un patio con plantas, jaulas y un limonero en el centro. Yo conocí ese cuarto. ¡Pero qué diferente era el lugar donde Gabriela la imaginaba, sumida en misteriosas ocupaciones!

¿Qué hacía su madre? No pensaba en otra cosa. Irene le contaba que en la casa adonde iba de visita había un pájaro mecánico que cantaba adentro de una jaula de cristal con ribetes de oro. Mentirosa. Cómo podía mentirle. Aquella jaula de cristal y de oro ocupaba un lugar preponderante en la imaginación de Gabriela. Se había transformado en un palacio iluminado por los caireles de mil arañas, palacio donde su madre hacía tejidos muy preciosos, con amigas perfumadas y buenas.

Cruzaba muchos cuartos y jardines antes de llegar al lugar donde la esperaban. Allí, en una suerte de claustro, había una enorme pecera con peces cubiertos de alas y de colas violetas. Era la tintorería de Valentín Masini, adonde nunca llevaban a Gabriela porque el olor a amoníaco y a otros ácidos no convenía para la salud.

El sol iluminaba el espejo de un armario, la cara de un fauno, racimos y hojas tallados en la madera, un gato atigrado que dormía, una modesta cama de hierro despintada, cortinas rotas y sucias que se agitaban con el viento. ¡Me gustaba ese cuarto! A Irene también. Ella, sentada en el suelo, con el codo apoyado sobre la cama, de vez en cuando echaría una mirada al desorden, como si le molestase, y volvería a sumirse en la lectura de un libro. A veces quedaba en el suelo uno de sus corpiños, uno de sus pañuelos. Con qué odio los miré la primera vez que los descubrí, sin saber que eran de quien eran. Ella, Irene, era parte de ese desorden, una de sus organizadoras, también una de sus mártires. Desperezándose como una idiota, llamaba con voz aguda a Leandro. ¿Lo amaba? ¿Eso era amar?

A menudo yo imaginaba esta escena que me torturaba. Él me la había contado. Ni el mar me la hace olvidar.

La voz ahogada de Leandro, bajo el agua de la ducha, le respondía como siempre:

—¿Qué querés?

Él me contaba minuciosamente las tonterías que hablaban.

—No puedo estar un minuto sin vos, amor mío —le decía siempre.

—Ya voy —contestaba él de mal modo.

—¿Podrías explicarme esa cuestión de las vías nerviosas sensitivas o de las vías respiratorias o de los extrasístoles?

—Sería mejor que no existieran —respondía Leandro, secándose la cara con la toalla; todo le era lo mismo y agregaba con ímpetu—: Sería mejor que la humanidad no existiera, es una porquería. —Al entrar en el cuarto su cuerpo brillaba como el cuerpo de la estatua de bronce del museo que Irene había dibujado en su adolescencia. ¡Qué bien lo imaginaba yo! Parecía siempre feliz.

—No pretendas que hoy te explique nada. Tengo que ir al hospital. El tiempo no me alcanza para nada. Voy a salir ahora mismo.

—¿Tan temprano? ¿A quién vas a ver?

—A nadie. No me hagas preguntas. Tengo que sentirme libre, ¿no entendés? Sin vínculos —contestaba Leandro, mientras se vestía.

A veces cuando tengo fiebre oigo el diálogo con voces como de abejas. ¡Qué salado está el mar!

—Idiota —decía Irene. Ella era la idiota y lo sabía. Pensaba: *ese nadie es peor que si fuera alguien.*

Nino, ronroneando, se acercaba, se refregaba contra las piernas de Leandro. Era un gato horrible, con la cara dividida por una raya negra, que a Gabriela le hubiera gustado porque parecía un tigre y que a mí me adoraba.

—Sin vínculos —proseguía Irene—, como si pudieras vivir sin vínculos. Hasta con el gato mantenés una relación ridícula. No te acostás sin decirle «Buenas noches, señor gato», como si fueras un nene. Esta alfombrita está llena de pulgas.

Leandro, como cuando estaba conmigo, sin hacer caso, silbando, se miraba en el espejo del armario. Las palabras de Irene le parecían ridículas; su ademán, desagradable. La desgraciada de Irene bruscamente se le acercaba para abrazarlo. La voz sensual tiene otro significado que las palabras, pero la veía en el espejo tan desagradablemente humana.

—¿No me explicarás la cuestión de las vías nerviosas sensitivas o las vías urinarias? Si no me lo explicás no lo entenderé nunca, ni con láminas ni con textos ni con trabajos prácticos —le decía todos los días, haciéndose la doctora. Siempre lo mismo, siempre lo mismo.

—Irene, ¿no te parece que perdemos la vida estudiando juntos? Nunca comprenderás que el tiempo no alcanza para andarse escondiendo.

—No empecemos con la eterna discusión. Desde hace dos meses, desde que vivís acá, estás cambiado. Quiero recibirme, quiero tener una profesión. Me interesa estudiar. Lo hago por Gabriela. Es la única persona que me quiere. ¡La única!

—¿Qué preferís: que te quieran o querer? —interrumpió Leandro.

Me lo decía también a mí, pero yo sonreía.

—Querer —respondía Irene.

—Quereme, entonces.

Echada sobre la cama, Irene volvía a abrazar a Leandro. Éste la besaba apasionadamente como a mí. Siempre que nombraba a Gabriela sucedía lo mismo. Leandro necesitaba que Irene amara a otro ser que no fuera él mismo para interesarse un poco en ella. Es tan abrumador ser amado con exclusividad.

—¿Te sigue siempre?

—Debe estar en la esquina. No me atrevo a salir —comentaba Irene—. ¡Es tan chica, pero se da cuenta de tantas cosas! No es como las otras niñas. Mirala, ¿no es preciosa?

Leandro se ajustaba la corbata y terminaba de vestirse mirando, por la ventana, a la niña que pasaba.

—Preciosa —decía, pensando en otra cosa.

Para él los niños no eran maravillosos como para mí, eran un compendio de olor a leche y a naranja, eran habitantes de otro planeta; y esa Gabriela, o Gabriel, cuyo nombre estaba siempre en los labios de Irene como un hermafrodita, tornándose del femenino al masculino continuamente, aún más.

—Pobre Gabriel —musitaba Irene—, a veces me siento culpable.

—¿De qué?

—De todo —contestaba Irene.

—No olvides cerrar la puerta y dejar la llave en la maceta grande del patio. Tengo que irme.

Eso era todos los días. Siempre lo mismo, siempre lo mismo.

—¿Ni un beso me das? —suspiraba Irene.

—¿No te besé bastante?

—Cada uno de tus besos es un sueño. Nada parece verdadero. Como en el fondo del agua te abrazo y dejo de existir. Después, cuando estoy sola, sigo sin existir, pero de un modo desagradable.

Al decir esa frase Irene sentía que había destruido la importancia de sus sentimientos, y la había destruido. ¿Para qué explicarlos? Oía la voz de Leandro con amargura.

—Nunca dejarás de ser sentimental. ¡Qué lástima!

Leandro, después de besar a Irene de nuevo con impaciencia, desarreglándole el pelo, lastimándole la boca, tomaba los libros que estaban sobre la mesa.

Se repiten estas escenas desagradables. Va a odiarme, pensaba Irene; *cuando un hombre no ama, se vuelve torpe para abrazar. Los brazos y las piernas le sobran, se llena de huesos, de codos, de rodillas. Es casi imposible que pueda producir un orgasmo. Antes se deslizaba como el agua sobre mí, ahora me lastima.*

Tenía razón. Pobre Irene, yo sola la comprendía. Sola, sola como estoy ahora en un mar de dudas infatigables. Morir es lo único seguro. Ahora puedo por fin morir. ¿Pero cómo? Es imposible como antes.

Gabriela

Gabriela. Vuelvo a Gabriela. Era preciosa, tenía cuello largo y fino, ojos azules, pelo rubio. Yo siempre dije que podría trabajar en el cine; lo que le hacía falta era una *cuña*: en nuestra época nada se hace sin *cuña*. Vivía para Irene.

Sola, esperaba a Irene siempre en la plaza Las Heras. La había seguido aquel día, que ahora recuerdo con mayor precisión que los otros. ¡Estaba tan bonita vestida de verde, con ese collar de perlas diminutas y un par de guantes blancos, que llevaba en la mano como un ramillete! La perdió de vista en un momento de distracción, frente a una cigarrería donde vendían bolitas de vidrio. Sobre un banco de madera verde comía una naranja, mirando, sin saberlo, la puerta por donde ella había entrado.

¿Qué hacen las mujeres cuando no están en sus casas? Cuando eran puras como su madre se dedicarían a serias ocupaciones, pensaría. Luego, sin duda, pensaría como de costumbre en el acto sexual. Lo que más deseaba en el mundo de su curiosidad era ver a un hombre y a una mujer haciéndolo. Había visto gatos, perros, palomas, guanacos, monos cometer ese acto, pero nunca a seres humanos. Juancha, una compañera de escuela, le había dicho que era muy divertido. Juancha era una porquería.

Yo sabía que para llegar a ese cuarto desordenado, con libros en el suelo, medias sobre las sillas, paquetes semiabiertos con pan sobre una mesa, camisas tiradas en el piso, Irene había atravesado un zaguán, con puerta cancel de vidrios azules y rojos; luego, un patio con plantas, jaulas y un limonero en el centro. ¡Pero qué diferente era el lugar donde Gabriela la imaginaba, sumida en misteriosas ocupaciones! ¿Qué hacía su madre? Irene le contaba que en la casa adonde iba de visita había un pájaro mecánico que cantaba adentro de una jaula de cristal con ribetes de oro. Aquella jaula de cristal y de oro ocupaba un lugar preponderante en la imaginación de Gabriela. Se había transformado en un palacio iluminado por los caireles de mil arañas, palacio donde su madre hacía tejidos muy preciosos, con amigas perfumadas y buenas. Cruzaba muchos cuartos y jardines antes de llegar al lugar donde la esperaban. Allí, en una suerte de claustro, había una enorme pecera con peces cubiertos de alas y de colas violetas. Era la tintorería de Valentín Masini, adonde nunca llevaban a Gabriela porque el olor a amoníaco y a otros ácidos no convenía para la salud.

El sol iluminaba el espejo de un armario, la cara de un fauno, racimos y hojas tallados en la madera, un gato atigrado que dormía, una modesta cama de hierro despintada, cortinas rotas y sucias que se agitaban con el viento. Irene, sentada en el suelo, con el codo apoyado sobre la cama, de vez en cuando echaba una mirada al desorden, como si le molestase, y volvía a sumirse en la lectura de un libro. Ella, Irene, era parte de ese desorden, una de sus organizadoras, también una de sus mártires. Desperezándose, llamó con voz aguda a Leandro. ¿Lo amaba?

La voz ahogada de Leandro, bajo el agua de la ducha, le respondió como siempre:

—¿Qué querés?

—No puedo estar ni un minuto sin vos, amor mío.

—Ya voy.

—¿Podrías explicarme esa cuestión de las vías respiratorias sensitivas?

—Sería mejor que no existieran —respondió Leandro, secándose la cara con la toalla, y agregó con ímpetu—: Sería mejor que la humanidad no existiera, para sufrir tanto. —Al entrar en el cuarto su cuerpo brillaba como el cuerpo de la estatua de bronce del museo que Irene había dibujado en su adolescencia. Parecía feliz.

—No pretendas que hoy te explique nada, tengo que ir al hospital. El tiempo no me alcanza para nada. Voy a salir ahora mismo.

—¿Tan temprano? ¿A quién vas a ver?

—A nadie. No me hagas preguntas. Tengo que sentirme libre, ¿no entendés? Sin vínculos —contestó Leandro, mientras se vestía.

—Idiota —dijo Irene. Y pensó: *ese nadie es peor que si fuera alguien.*

Tenía razón.

El gato, ronroneando, se acercó, se refregó contra las piernas de Leandro.

Era un gato horrible, con la cara dividida por una raya negra, que a Gabriela le hubiera gustado porque parecía un tigre.

—Sin vínculos —prosiguió Irene—, como si pudieras vivir sin vínculos. Hasta con el gato mantenés una relación ridícula. No te acostás sin decirle «Buenas noches, señor gato», como si fueras un nene. Esta alfombrita está llena de pulgas.

Leandro, sin hacer caso, silbando, se miró en el espejo del armario. Las palabras de Irene le parecían ridículas; su ademán, desagradable. Irene bruscamente se le acercó para abrazarlo. La voz sensual tiene otro significado que las palabras, pero la vio en el espejo tan desagradablemente humana.

—¿No me explicarás la cuestión de las vías nerviosas sensitivas? Si no me lo explicás no lo entenderé nunca, ni con láminas ni con textos ni con trabajos prácticos.

—Irene, ¿no te parece que perdemos la vida estudiando juntos? Nunca comprenderás que el tiempo no alcanza para andarse escondiendo.

—No empecemos la eterna discusión. Desde hace dos meses, desde que vivís acá, estás cambiado. Quiero recibirme, quiero tener una profesión. Me interesa estudiar. Lo hago por Gabriel. Es la única persona que me quiere. ¡La única!

—¿Qué preferís: que te quieran o querer? —interrumpió Leandro.

—Querer —respondió Irene.

—Quereme, entonces.

Echada sobre la cama, Irene volvió a abrazar a Leandro. Éste la besó apasionadamente: siempre que nombraba a Gabriel sucedía lo mismo. Leandro necesitaba que Irene amara a otro ser que no fuera él mismo para interesarse un poco en ella. Es tan abrumador ser amada con exclusividad.

—¿Te sigue siempre?

—Debe de estar en la esquina. No me atrevo a salir —contestó Irene—. ¡Es muy chica, pero se da cuenta de tantas cosas! No es como las otras niñas. Mirala. ¿No es preciosa?

Leandro se ajustó la corbata y terminó de vestirse mirando, por la ventana, a la niña que pasaba.

—Preciosa —dijo. Para él los niños eran un compendio de olor a leche y a naranja, eran habitantes de otro planeta; y esa Gabricla, cuyo nombre estaba siempre en los labios de Irene, tornándose del femenino al masculino continuamente, aún más.

—Pobre Gabriela —musitó Irene—. A veces me siento culpable.

—¿De qué?

—De todo —contestó Irene.

—No olvides cerrar la puerta y dejar la llave en la maceta grande del patio. Tengo que irme.

—¿Ni un beso me das? —suspiró Irene.

—¿No te besé bastante?

—Cada uno de tus besos es un sueño. Nada parece verdadero. Como en el fondo del agua te abrazo y dejo de existir. Después, cuando estoy sola, sigo sin existir, pero de un modo desagradable.

Al decir esa frase Irene sintió que había destruido la importancia de sus sentimientos, y la había destruido. ¿Para qué explicarlos? Oyó la voz de Leandro con amargura.

—Nunca dejarás de ser sentimental. ¡Qué lástima!

Leandro, después de besar a Irene de nuevo con impaciencia, desarreglándole el pelo, lastimándole la boca, tomó dos libros que estaban sobre la mesa y una revista donde yo vi la fotografía del señor Pigmeo aquella misma tarde.

¿Se podrá hacer el amor adentro del mar? Tantas veces quise suicidarme y ahora que podría hacerlo fácilmente, no puedo.

El señor Pigmeo

Conocí al señor Pigmeo por fotografías, pero en estos momentos su cara me es tan familiar como la de cualquier amigo. Un tío mío me lo mostró una vez entre fotografías del Congo, que habían aparecido en una revista. Me contó la historia cuando yo miraba la cara abultada y maliciosa del enano, al decir del explorador Mattheus que lo había sacado de la selva, bondadosa e inocente. En cuanto el señor Pigmeo se encontró fuera de la selva no reconocía ya el mundo. Creyó que tres cebras que divisó a lo lejos eran tres animales extrañísimos de dos centímetros de altura; creyó que un árbol era una mata de pasto; que un hombre era una hormiga. No comprendía las leyes de la perspectiva. Al poco tiempo de su destierro, el señor Pigmeo murió de tristeza. El sol lo asesinó, en cierto modo, pues durante sus veinticinco años de vida en la selva su cuerpo no había recibido los rayos del sol sino tamizados dulcemente por las húmedas y útiles hojas de los árboles tropicales. En verano he dormido bajo sus frescuras diversas y perfumadas. Por eso recuerdo con tanta minuciosidad esa cara negra y lustrosa, ese cuerpo pequeño y barrigón como si perteneciera a mi familia, a un miembro de mi familia que podría haberse ido de viaje, antes de que yo naciera, para no volver. Sus ojos un poco saltones y redondos, su barbilla puntiaguda, su nariz chata no parecían capaces de expresar tristezas del alma. Lo compadezco todavía como en el momento en que oí el relato de su historia. Yo estaba en cama con fiebre. Sospeché que mi tío se había enamorado de mí o yo de él, porque los enfermos le daban asco y yo no. Bebió en mi vaso mirando la cara del señor Pigmeo.

«Estar cansado descansa, en cambio descansar no siempre descansa», decía Leandro. Tenía razón. El agua que mata me vivifica.

Leandro Álvarez

Leandro Álvarez tenía una cara variable como el tiempo. Sus ojos podían ser grises, verdes y hasta celestes. No quiero pensar en él. Era demasiado joven para mi gusto, pero me hablaba como a su conciencia. Todo lo que me contaba, hoy me parece que me sucedió a mí. Quiero pensar en otras personas, pero siempre vuelvo a Leandro.

Leandro abría la puerta, volvía a cerrarla dando un portazo y salía al patio, lleno de plantas y canarios. Estaba cansado de Irene, pero la quería, eso era lo peor. Lo peor es no dejar de querer del todo. Se aburría de ese ser como de su conciencia. El sol de la primavera sobre las glicinas acentuaba el color azul del cielo. Las hojas reflejaban sombras con formas de arañas y de manos sobre las baldosas. La dueña de la pensión, con el delantal gris a rayas, estaba regando. El olor a tierra mojada caliente, el olor a campo en ese recinto cerrado bajo el cielo, le recordaba su infancia, como a mí. Afuera, en la calle, un grupo de niños se disputaban un cajón que arrastraban llevando un gato muerto. Leandro pensaba: *Tendría que decirles algo. El gato está podrido. Pero son capaces de apedrearme.* (Era cobarde, pero no me importaba.) Pasaba un afilador con un carrito pregonando con un silbato. Leandro contemplaba, embelesado, el día. Se detenía antes de llegar a la esquina. Vislumbraba la casa vecina, de antigüedades Circe, con las arañas siempre encendidas, y con una cama matrimonial desarmada. Se ataba el cordón del zapato. Nada lo deprimía tanto. ¡Cuánto me hizo sufrir!

No voy a tener suerte, pensaba. Advirtió un día que estaba pisando un cuadernillo doblado en cuatro, con hojas manuscritas. Levantó las hojas, las desplegó, las examinó, miró alrededor tratando de descubrir de dónde habían caído. Se avergonzó un poco al ver que un barrendero lo miraba. En la ventana de un piso alto rápidamente se asomó una muchacha que él no alcanzó a distinguir bien. Los niños, arrastrando el cajón, pasaron a su lado. Leandro miró de nuevo hacia arriba. Muchas ventanas estaban abiertas y se entreveían los cortinados, las colchas, las sábanas y los armarios. Algo indecentemente íntimo salía de las casas con olores que se adivinaban. Guardó las hojas en el bolsillo y siguió caminando. Sacó un cigarrillo. En la esquina, la misma niña, pobremente vestida, estaba apoyada contra la pared.

Ésta es Gabriel, la hija de Irene, pensó Leandro; *no se parece a su madre. Está casi siempre vestida como un varón porque la ropa de varón es más barata y para que no se ensucie las piernas, me explicó Irene.* La miró de reojo y siguió caminando. «Pobre Gabriel», recordó la voz de Irene lamentándose siempre. Irene era una burguesa. Hay algo siempre en la vida dramática de una mujer que la vuelve burguesa. Yo estaba de acuerdo con él. Frente a una peluquería, Leandro vio a un hombre que fumaba y le pidió fuego. Mientras encendía el cigarrillo, miró la barba y los anteojos del hombre, los remiendos del traje, los puños de la camisa, *sucios como los míos*, pensó, *usaré mangas cortas.* Caminó por las calles arboladas, entró en el Jardín Botánico, cruzó las sombras de las palmeras, los invernáculos. Debajo del follaje, el aire lo desnudaba; recordó una playa. Se sentó en un banco de mármol, luego se acostó boca arriba al sol y miró a través del humo del cigarrillo la estatua de Plinio. Volvió a mirar el cuadernillo, leyó atentamente las hojas.

Una mujer de pelo muy largo, que vagaba por el jardín lamiendo un helado, lo miró de lejos. Se le acercó, apoyó las rodillas sobre las piernas de Leandro. Meneando el cuerpo terminó el helado, haciendo ruidos con la lengua. Leandro no interrumpió la lectura. Una flor que la mujer llevaba en el pecho cayó sobre la cabeza de Leandro, que terminó por mirarla.

Es una prostituta, pensó, *nunca me interesaron, ni en el mejor de los casos*. Sintió el olor que se desprendía de su pelo con el calor, ese olor a cepillo sucio y a cabeza que tenían los confesionarios de su infancia, ese olor a perfume barato y a polvos, a barniz de peluquería. Leandro consiguió que este recuerdo se volviera mío.

—Te hace falta un baño —le dijo para espantarla.

Ella, creyendo que era un piropo, lo miró sacudiendo su melena roja.

—¿El carro de basura no pasó por acá? —pronunció Leandro con voz obscena. ¿A quién había imitado? A un conejo de la Facultad. Era la frase que su amigo hubiera dicho en la misma circunstancia.

—¡Porquería! —contestó ella dando un puntapié al suelo y levantando una nube de polvo con los tacos—. ¡Muerto de hambre! —gritó acercándose a los invernáculos, al ver que Leandro se alejaba entre los árboles.

Un muchacho afeminado, con una blusa celeste, con un libro bajo el brazo, lo miró con insistencia. Todo el mundo se enamoraba de él. Un vago olor a sudor y a cosmético pervertía el aire. Cinco viejos discutían en un banco. Viejos que todos los días discutían a la misma hora, en el mismo banco. Leandro siguió caminando. Consultó el reloj de pulsera; era la hora de entrar al hospital. Qué pronto terminaba siempre el tiempo cuando no hacía nada. Todo el mundo se enamoraba de él, hasta Zulma.

¿Y si apareciera ahora una ballena, un pez espada o un león de mar, qué haría? En el mar no existirán esos anfibios que me dan asco. ¡Estaremos lejos de la costa! Tan lejos está como mi salvación.

Zulma

Zulma era vecina de mi casa durante mi infancia. Siendo mayor que yo se había hecho amiga de mis hermanas. Su piel dorada era pálida; sus ojos del color de su pelo, eran rubios; delgada y ágil se asomaba a la puerta de la casa escondiéndose como si estuviera siempre espiando. Delgadita como era, tenía unas piernas musculosas y pesadas. Era bailarina. Todos los días oíamos la música del piano que acompañaba los ejercicios que hacía en el patio de la casa. La gente que pasaba, cuando la puerta estaba entreabierta, se detenía para mirarla y los muchachos siempre le decían obscenidades o piropos. Casi desnuda en verano, o con una malla muy gruesa en invierno, seguía haciendo sus ejercicios sin prestar atención a las frases que le dedicaban los festejantes o curiosos. Con el correr del tiempo, Zulma tuvo discípulas y un gran espejo en el comedor de su casa que, con la puerta abierta, permitía que ella y sus discípulas entrevieran los movimientos rítmicos del baile que ensayaban. Su madrina, que era obesa, la miraba bailar bebiendo vino. Los acordes del piano eran tan desafinados que se hubiera dicho que atravesaban agua o distancias siderales, distorsionándose. La pianista, cuyo nombre no conozco y tal vez nunca conocí, tenía el pelo como una llamarada roja y las uñas comidas. Dos o tres veces entré en la casa de Zulma para acompañar a mis hermanas que iban de visita. La madrina obesa, leve como un globo, seguía bebiendo vino tinto en un rincón. Durante horas vi a Zulma hacer los ejercicios que ella llamaba rítmicos, ejercicios que parecían de un pájaro herido que quiere volar. Supe que Zulma se enamoró un día de un joven que la abandonó. No dejó por eso de seguir dedicada al baile. Era una verdadera bailarina para bailar en el Teatro Colón.

Llegó un tiempo en que no la vi más asomada a la puerta de su casa. Tampoco se oyó más el piano. No se vio a la madrina bebiendo en un rincón. Pregunté por Zulma. Me dijeron que de tanto hacer ejercicios como si volara, su cuerpo había perdido el peso que necesita para mantenerse apoyado en la tierra; se había volado como se habían volado las palomas del patio cuando derribaron la casa meses después de su desaparición.

—¿Y la madrina, la gorda? —inquirí.

—También se voló. ¿No viste que los globos vuelan? —me respondieron—. Pregúntaselo a Susana.

¿Qué existirá en el fondo de este mar? ¿Barcos que naufragaron? ¿Escombros? Todo lo come el mar. A mí también me comerá un día, un instante.

Susana

Lo primero que veo de Susana son los ojos oscuros y brillantes, después la boca triste que sonríe, después las manos que explican lo que sus palabras cuentan. La estremece el miedo que siente por las premoniciones: una araña negra sobre su cama, en invierno, en su casa, en la ciudad.

Un joven peruano, estudiante de medicina, acude a su llamado para poner una inyección de penicilina a su hermana. Son las tres de la mañana. Susana está nerviosa mientras hace hervir la jeringa y la aguja. El peruano le pregunta:

—¿No está cansada? ¿No ha dormido?

Susana contesta:

—No. No puedo dormir.

—¿Le gustan los duraznos en almíbar? —pregunta el peruano.

—Sí —contesta Susana, que es golosa—. ¿Por qué?

—Pues coma dos o tres duraznos, suavizan las mucosas, tranquilizan —dijo el peruano.

Cuando vuelve el peruano a las siete de la tarde, Susana bosteza.

—¿Tiene sueño? —le pregunta.

—Mucho —contesta Susana—. Estoy cansadísima.

—¿Le gustan los duraznos en almíbar?

—Muchísimo. ¿Por qué?

—Tome dos o tres. Son buenísimos para las mucosas. Restablecen la energía.

Al día siguiente cuando vuelve el peruano, la hermana de Susana se queja de un dolorcito en el estómago.

—¿Le gustan los duraznos en almíbar? Alivian el dolor.

—¡La tiene usted con los duraznos en almíbar! —exclama Susana.

—¿Le gustan mucho? —pregunta la hermana de Susana.

El peruano frunce la boca (yo lo conocía al peruano) como si fuera a dar un beso a esos duraznos imaginarios.

—Me gustan mucho, mucho.

Esa noche a las ocho Susana compra una lata de duraznos en almíbar y los come con su hermana y lamenta no compartirlos con el peruano.

¡A mí me gustan los duraznos frescos! Los duraznos que me regalaba Aldo.

No se borró nunca aquella foto amarillenta de Aldo que guardé en mi portafolio y que viajaba conmigo cuando íbamos al campo. La llevaría hasta el fondo del mar para que nadie me la robe.

Aldo Fabrici

Fabrici, encorvado, con los brazos colocados a modo de asa de cada lado del cuerpo como si llevase regaderas, baldes, herramientas de jardín, era un jardinero muy viejo. Yo lo quería mucho pues en mi infancia me regalaba fruta, nueces, lechuga para mis muñecas. Sus ojos grandes demostraban asombro. Sus manos tentaculares, como enormes batatas o como raíces monstruosas, lo ayudaban mucho a expresarse cuando las palabras le faltaban. Limpio, ordenado, piadoso, colocaba en un vaso flores frente a una estampa de la Virgen en la casilla de las herramientas. Aldo juntaba las naranjas y los limones, las nueces y las castañas, los duraznos para distribuirlos. Los domingos no faltaba a misa. Tenía una novia de veinte años, a la que llevaba semanalmente un ramo de flores y algunas frutas. ¿Por qué las personas tienen nombres de flores y no de frutas? Nadie se llama ni Fresa ni Frambuesa, ni Damasco ni Frutilla, que es más lindo que Lilia.

¿Qué es enamorarse? Perder el asco, perder el miedo, perder todo.

Los peces voladores me recuerdan el vuelo de las mariposas.

Lo maravilloso del mar es que viviendo en sus entrañas nadie puede hablar.

Lilia y Lilian

Lilia y Lilian andaban siempre juntas. Todo el mundo creía que eran hermanas porque se vestían del mismo color. Lilia era rubia y Lilian morocha, pero a veces Lilian se teñía de rubio, lo que la volvía más parecida a Lilia. Las personas que se quieren terminan por parecerse: decían las mismas frases, movían las manos del mismo modo, se mordían los labios con el mismo ademán. Cuando cumplieron veinte años se enamoraron o creyeron enamorarse del mismo hombre. Una veía al muchacho por las mañanas y otra por las tardes. Él creía que las engañaba a las dos, pero no engañaba a ninguna. Las dos lo engañaban, porque en vez de besarlo se besaban, porque en vez de adorarlo se adoraban.

¡Qué verde estaba el mar! ¡Qué verde y qué azul! Quisiera bañarme horas y horas. Pero ¿no estoy adentro del mar?

Leandro

Vuelvo a pensar en Leandro, vuelvo a nombrarlo porque ese día Leandro era otro hombre, tenía los ojos verdes, le había crecido la barba, parecía sucio, sucio, resucio. ¡Qué lástima! Movía el mentón como un rumiante, pero sus confidencias me conmovían.

Cada vez que Leandro salía inspeccionaba las casas vecinas con la esperanza de ver a la chica que había entrevisto en un balcón el día que encontró el cuadernillo. Me lo confesó a duras penas. Con la proximidad del verano, las calles estaban más concurridas y la posibilidad de descubrir quién era la dueña del cuadernillo resultaba más difícil; sin embargo, no abandonaba esa primera esperanza que tuvo al encontrar las hojas: la esperanza de una aventura. En ese texto, tan fragmentario, resaltaba un nombre que ya le era familiar. Ese nombre tan feo lo invitaba a leer y releer.

Los largos veranos sin vacaciones aterraban a Leandro. Irene lo aburría ya como una hermana o como yo. Verla todo el tiempo, alargaba el tiempo. Tenía que inventar algo nuevo en su vida y esa cosa tenía que ser muy absurda: un cuadernillo escrito por una mano desconocida. Una tarde, al volver a su casa en taxímetro conmigo, en el momento de pagar, vio en su billetera las hojas que había recogido unos días antes en la calle, dobladas de tal modo que la palabra LEA, como queriendo llamar su atención, resaltaba entre las otras. Simultáneamente, en la puerta de la casa de departamentos vecina de la suya, vio un coche fúnebre con las mismas letras. Sobre el paño negro resaltaban las iniciales. El gentío agolpado en la puerta miraba con fruición el desfile de coronas, de palmas y de personas enlutadas. Entre el gentío vio, o creyó ver a Gabriela. «Esta niña está en todas partes», me dijo. Leandro tenía un corazón de piedra. Se metió entre la gente y preguntó a una señora que llevaba un sombrero ridículo.

—¿Quién murió?

—Leonor. ¿No la conoce? Pero sí: Leonor Eladia Arévalo. La llamaban Lea porque sus iniciales formaban ese nombre.

¡Hay nombres ridículos que nos conmueven; nombres con rostros, con manos, con voz! ¡Por qué me dijo esa frase!

Entre las flores, gente y empujones, Leandro, resuelto, entró en la casa donde velaban a la muerta. Yo lo seguí como una sombra. Penetramos en la oscuridad del ascensor con la señora que llevaba aquel sombrero que parecía un pájaro aleteando. *Todavía se usan plumas y lentejuelas y pelucas,* pensé. «Yo creía que esas chucherías existían sólo en las fotografías de mis bisabuelos. Y ese perfume que huele a incienso y esos abanicos de papel negro con varillas de azabache, y esos guantes de encaje que hacen rechinar los dientes cuando los tocamos, existen todavía. Qué agradable es no conocer a nadie, sentirse en otro país, entre personas que hablan otro idioma. Para que la situación no sea tan penosa, tal vez convenga fingir que soy un poco sordo», me dijo.

Amparados por la oscuridad y el contacto de muchas manos, Leandro y yo entramos en el velorio. El histerismo colectivo le inspiró gran atrevimiento. Ceremoniosamente saludó a las mujeres, que tenían la cabeza descubierta y los ojos colorados. Un viejo barbudo lo abrazó confundiéndolo con otro muchacho de la familia. Un señor de voz estentórea lo hizo pasar en el cuarto donde estaba la capilla ardiente.

—Tiene que verla. Sus condiscípulos la querían mucho —dijo el señor ruidoso.

Leandro se acercó al ataúd. Pensó: *¡Lea! ¡Qué nombre! ¿Por qué no se llama Lía o Luz o Eva? Hay pocos nombres con tres letras. Una muerta que no es de mi familia ni para experimentos, como en el hospital, me parece una muerta preciosa. Por lo menos, no puede decepcionarme ni hacerme sufrir. Es de una belleza inimaginable. El pelo, pálido y rubio, brilla como el oro de las joyas antiguas que me gustan. El color de la piel, ni muy blanco ni moreno. Tal vez será la muerte que le da un tinte de marfil, ¿o realmente habrá sido el color natural de ella? ¿Si le cortara un mechón de pelo? ¿Con qué? No tengo tijeras. Qué lástima. ¿Si le diera un beso en la mejilla, qué pensaría la gente? ¿Si le diera un beso sobre los labios? ¿Soy capaz de hacerlo? La gente pensaría que fui su amante o que tuvimos una amistad amorosa.*

¿Para qué me contaba esas cosas? ¿Para hacerme sufrir o para darme asco? Leandro vaciló un momento, luego la besó sobre los labios: olía a papel, a incienso, a flores, a perfume.

¡Necrófilo, qué horrible!, pensé. ¡Sobre los labios duros, de mármol, puso su boca! ¡Le gustó! Es monstruoso. Cuando uno ama nada importa. *Me echarán. Me llamarán necrófilo*, pensó él;

no me importa, nada me importa. Recordó a un pobre hombre hambriento que iba a todos los velorios para comer algo, a una mujer vieja que iba a robar flores o cucharitas. ¿Lo que él hacía no era peor? Le ofrecieron una taza de café para entonarlo, para apartarlo tal vez de la muerta. Sacudió la cabeza, alzó los ojos y vio que algunas personas lo miraban con piedad, otras con horror, otras con indignación. Pensó: *Podría pedirle algo a la muerta, tal vez pedirle una gracia como a una santa. ¿Pedirle qué? Que vuelva a vivir; que sea la persona desconocida que busco, la mujer que jamás encuentro.*

El señor de la voz estentórea le palmoteó el hombro:

—Venga a saludar a Verónica; eran hermanas inseparables, casi mellizas: un año de diferencia. No quiso que se la llevaran todavía. —Consultando su reloj de pulsera agregó—: El coche fúnebre está esperando desde hace rato. No cerraron el cajón. Habría que sacarla del cuarto. Ya están retirando las flores. —Tomó del brazo a Leandro y lo condujo junto a Verónica, diciéndole a ésta—: Es uno de los condiscípulos de Leonor. ¿Lo recuerdas? No. No lo conocías. Podrías desahogarte con él. —Luego con mucho protocolo llevó a Verónica y a Leandro a otra sala donde había mucha gente de pie. Tres niñas ahogaban sus risas dentro de sus pañuelos; una vieja lloraba, rezando un rosario; otra, a hurtadillas, robaba flores de los ramos; una señora se abanicaba con una estampa.

Verónica y Leandro se miraron largamente, con una curiosidad de tarjeta postal: él mismo lo confesaba.

—¿Hace mucho que se conocían? —preguntó Verónica, acariciando la solapa de su vestido que, según me dijo Leandro, era elegantísimo.

—Hace tiempo —contestó Leandro.

—Qué parecido a una fiesta es un velorio. Hay olor a flores, se come a todas horas y las personas se abrazan todo el tiempo. En las fiestas se abrazan bailando, pero en los velorios se abrazan llorando, es la única diferencia. Pero yo no puedo llorar. Envidio a las personas que lloran; ostentan las lágrimas como collares. Me siento muy pobre, muy despojada sin ellas —dijo Verónica y, haciéndose la interesante, se acercó a la persiana. Luego, al ver el sol y la cara de Leandro, exclamó—: ¡Parece mentira, con un día tan lindo! —y apoyando la cabeza sobre el brazo, como una actriz, dijo—: Yo hubiera debido morir.

Verónica tal vez sentía que la mirada de Leandro sobre su nuca la desnudaba, como la sentí yo cuando lo vi por primera vez. En algún lugar de su alma tal vez sufría desesperadamente la muerte de su hermana, pero esa lucidez para advertir cada detalle del mundo que la rodeaba en ese instante le hizo pensar que su corazón era de hielo. Probablemente una voz interior resonaba en ella: «Soy un monstruo, soy un monstruo». Todo esto lo pensaba Leandro mirando su nuca: *Es bonita. No se parece a nadie, por lo menos.*

—¿Te gusta o no te gusta? —me preguntó.

No le contesté, soltando su mano húmeda. No tiene alma.

Sonia Giménez

Sonia tenía cara de pez atónito, pelo desteñido, boca sin labios.

¿Era desdichada? A juzgar por sus risas era feliz.

La única ventaja de ser niño es poseer un tiempo de doble ancho como los géneros de tapicería. El tiempo, que no alcanzaba para nada, era infinito como un desierto para Sonia. En cuanto tenía un momento libre, y éstos abundaban, entraba en el Jardín Zoológico. Le interesaban los animales como a Gabriela, porque se conducían de un modo natural: si tenían hambre comían incesantemente, si tenían sed bebían hasta que se atoraban, si estaban en celo hacían el amor desesperadamente, si tenían sueño dormían a cualquier hora, si estaban furiosos mordían o arañaban o mataban al enemigo. Es cierto que también morían y que morir es ridículo, pero eran tan pulcros, tan exactos. (Nunca olvidaría Sonia la muerte de su abuelo paterno, una muerte fingida.) A veces daba a los animales las galletitas o los chocolatines que le habían regalado. A veces metía las manos entre las rejas para acariciarlos. ¿Qué podían hacerle un jaguar, un lobo, una hiena, un tigre? Era partidaria de los animales. Llevaba siempre un cuadernito donde después de haberlos mirado mucho los dibujaba colocando cuidadosamente el nombre de cada uno de ellos al pie del dibujo, marcando con una estrella los preferidos y con una cruz los que menos le gustaban. Los que menos le gustaban generalmente a su juicio se parecían a algunas personas. ¿Algún día pensaré en alguien que no sea una persona?

Leandro

Las caras de Leandro son infinitas. ¿Cómo describir una de sus caras sin destruir las otras? Por eso vuelvo a nombrarlo.

En mi mente Leandro atravesaba conmigo corredores interminables, pasillos, dos patios, subía escaleras, entraba conmigo en un cuarto. Los practicantes fumaban y tomaban café. *Esa manía de tomar café en todas las reparticiones públicas*, pensaba Leandro, *¿por qué no toman una bebida que me haga menos mal?*

Aquel día en que se enojó con Mendiondo, quedó su diálogo en mi memoria.

—Denme una taza —dijo fastidiado. De una cafetera que estaba sobre la llama de un calentador, según me contó con lujo de detalles, uno de los muchachos le sirvió una taza de café. Leandro tosió al primer sorbo—: Qué asco. Tiene gusto a mosca.

—¿Comiste moscas alguna vez? —preguntó Mendiondo.

—Sí, cuando era chico, por una apuesta. Es claro que antes le arranqué las alas y las patitas.

Urbino, con una cubeta tapada, se asomó al cuarto. Al destaparla sacó un corazón que puso debajo de las narices de Raco, diciéndole:

—¿Ves que tenía una lesión mitral?

Leandro casi vomitó, no era para menos. Espantándolo como quien espanta un bicho, le gritó:

—Salí, che.

Urbino metió los dedos adentro del corazón. Leandro protestó:

—Estamos comiendo.

—Los superperros se callan —dijo Urbino, blandiendo el corazón.

Esa denominación, que tanto lo había ofendido en el comienzo de su carrera, ahora lo dejaba indiferente.

—Y el pan, ¿dónde lo pusieron? —preguntó Leandro—. Ustedes han comido tranquilamente en sus casas y yo estoy en ayunas. —De un cajón lleno de papeles, piolines y otras cosas,

Leandro sacó un pan, que ya estaba duro—. Bonito pan —exclamó, mirándolo—; ¿de qué dinastía será?

—Siempre te alimentaste de vejestorios —le contestó Mendiondo—. ¿Te acordás del apéndice de la modista?

—Nunca lo olvidaré. Parecía el sexo de un leproso —respondió Leandro, humedeciendo el pan en el café—. Tengo que hacer sopas como los chicos. Quisiera comer cosas dulces, hoy: una tableta de chocolate, por ejemplo. Aquí tengo una que me regaló la telefonista —dijo, sacando un chocolatín del bolsillo. Quitándole el papel, lo mordió. Siempre andaba con hambre.

—¿No jugamos hoy? —dijo Ronco, que era el más joven, de labios paspados.

—Yo apuesto al de la sala 10 para esta noche —contestó Urbino, acariciándose el mentón.

—No estoy inspirado. Quiero que me hagas un estudio grafológico —contestó Leandro, mostrándole el cuadernillo.

Raco examinó las hojas. Sus manos temblaban un poco. Desde muy joven parece que se había dedicado a la grafología y a la quiromancia y para conquistar a las mujeres hacía gala de su oficio pidiéndoles cartas íntimas, leyéndoles las líneas de las manos para acariciarlas, de paso, cuando podía.

—Mmmm... No está mal. ¿Es muy joven? ¿Quién es?

—No sé, lo encontré en la calle.

—¿Y querés que te hagan la grafología de una basura? —preguntó el practicante de anteojos.

—Qué ingrato —protestó Raco.

—La letra me parece interesante.

—Introversión: letra inclinada a la izquierda —dictaminó Raco—; vocales cerradas.

—¿Qué significa? —preguntó Leandro.

—Persona reacia a la influencia del mundo exterior. ¡Qué egocentrismo! Mirá estas finales en forma de gancho. Narcisismo, agresividad.

—¿Quién es, che? Decí de una vez —dijo Mendiondo.

—Ya te dije que encontré las hojas en la calle —contestó Leandro.

—Siempre tuviste las mismas chifladuras. ¿Te acordás de aquella época en que te enamoraste de una voz por teléfono? Te masturbabas oyéndola. Según tus cálculos pertenecía a un ser divino, de quince años pero pervertido, al cual dedicabas tu vida. Después de tres meses conseguiste que la dueña de la voz angelical te viera. Te citó en una confitería. Cuando la viste llegar padeciste de espasmos. Era idéntica a tu prima, con un ojo de vidrio. Su indumentaria, sus palabras, su cara eran las más nauseabundas del mundo. La llamaban Ricura.

Como si no lo hubiera oído, Leandro me contaba que tomó las hojas y que las guardó en el bolsillo, que salió del cuarto y que se internó por los blancos, tétricos, interminables corredores del hospital. Me relató tan bien la escena que aún ahora creo que lo vi subir por las escaleras de mármol. Sus pasos retumbaban: cruzó patios oscuros, se asomó a las salas. En ese momento se dijo: *Esta profesión no es para mí, ¿pero qué otra me convendría? ¿Qué otra podría interesarme más? Ver moribundos me causa horror. Ver cadáveres me descompone. El olor de las salas de enfermos contagiosos me da náuseas. Y ese lugar irreductible de mi ser donde temo los contagios se acrecienta. Tendría que cambiar de personalidad.* En uno de los corredores más oscuros oyó una voz de mujer que lo llamaba por su nombre. Buscó por todos lados de dónde provenía la voz. En uno de los pasillos encontró a la nueva enfermera de guardia. Olía a anís y tenía un diente de oro. ¿Era la nueva enfermera de guardia tan apetecida por sus compañeros?

—¿Alguna enferma me habrá llamado?

—Nunca estuvieron tan tranquilos los enfermos —contestó la enfermera, que llevaba una jeringa en la mano enguantada.

—Pero ¿está usted segura? Oí claramente mi nombre pronunciado por una voz angustiada, cuando llegué a esa puerta —dijo Leandro, señalando una puerta que comunicaba con una de las salas de operación—. ¿Irene no me habrá llamado? ¿No vino esta noche?

Yo bebía sus confidencias. Oigo su voz como si mi cerebro tuviera una cinta grabada.

—Será la señorita Benzedrina —contestó la enfermera, guiñándole un ojo y mordiéndose los labios—. Todos ustedes son iguales: creen que siempre los llaman.

La enfermera también estaba enamorada de él. Aquella vez la abrazó para no mirarle la cara.

El gusto de la espuma es gusto a nube. Son las ocho de la noche. Todavía no se puso el sol. El ocaso aumenta mi angustia. En cualquier lugar que esté a esta hora sabré que existe la muerte; las muertes, más bien.

Quería cantar el *Réquiem* de Brahms, pero la voz no se oye. El viento castiga mi voz.

Leandro

Durante mucho tiempo fue mi obsesión. Fue varios hombres para mí. Vuelvo a ver su cara. Leandro era buen mozo, algunas personas decían que era horrible. Tenía los ojos azules cuando me hacía confidencias, azules como el agua cuando me hacía sufrir. Advertía días en que sus dientes no eran lindos como los había imaginado el día anterior. ¡Ah, el poder que tiene la voz de un hombre! Pero me gustaba oírlo, aunque me hiciera sufrir o porque me hacía sufrir. No puedo olvidar cómo relató aquella visita a la casa de antigüedades. La dueña era una de sus principales antigüedades. La señora de Arévalo: peluca rubia, cejas juntas, boca finita, era horrible.

Cualquier dolor o molestia me hace bien porque me distrae, me arrebata de la inmensidad.

—Había muchos muebles amontonados, unos encima de otros —me dijo, acariciándome—, cómodas sin patas, objetos heterogéneos, santos sin cabeza, frascos antiguos de farmacia, relojes que marcaban distintas horas, piezas de ajedrez, cajas de música, arañas, miniaturas.

Miraba los objetos que el señor Arévalo le mostraba. Recuerdo hasta sus palabras. Yo conocía la casa y conocía a sus dueños.

—Pero ¿qué es lo que busca? —preguntó el señor Arévalo, mostrándole una compotera antigua de cristal.

—Un recuerdo para mi madre. Algo que no sea muy costoso —contestó Leandro.

—Aquí tiene unas piezas de ajedrez. ¿Su mamá no juega al ajedrez? Son piezas de vitrina. ¿No tiene una vitrina para guardar estatuitas y porcelanas?

—Nuestra casa es muy modesta —musitó Leandro.

—Pero en las casas más modestas se usaban vitrinas antiguamente. ¿Su abuela o su bisabuela no tenían una vitrina?

—Si la tuvieron, en casa de mi madre no está.

El señor Arévalo era altísimo y caminaba encorvado. Tenía voz de mujer y cara de perro.

—Aquí tiene una miniatura y una bombonera —dijo el señor Arévalo, abriendo una vitrina y sacando objetos de su interior.

«Todo lo que me sucede me gusta para poder contártelo después», me dijo Leandro.

Las vitrinas son como el fondo del mar. ¿Por qué yo las contemplaba tanto? ¿Presentía que estaría presa un día en esta agua como en una vitrina?

—¿Cuánto vale la bombonera? —preguntó.

—Mil pesos. Ochocientos para usted.

—Es muy caro para mí —dijo Leandro, sacudiendo la cabeza.

—Entonces no vaya nunca a una casa de antigüedades —dijo el señor Arévalo.

—Siento haberlo molestado.

En ese momento, por una puerta interior, entró Verónica y al mismo tiempo, por la puerta de entrada, dos señoras lujosamente vestidas. El señor Arévalo saludó con mucha ceremonia.

—¿Buscaba algo? —preguntó Verónica a Leandro.

—Estoy muy pobre para estas cosas. Pronto será el cumpleaños de mi madre —respondió Leandro.

—¿Mi padre no le mostró el famoso reloj con figuras del siglo XVII?

—Pero será muy caro.

—Se lo voy a mostrar a título de curiosidad.

Mientras el padre en el fondo del salón atendía a las señoras, Verónica, con su cara de tonta, mostraba a Leandro un extraño reloj y una jaulita con un ruiseñor mecánico. Se le veían las piernas hasta el ombligo.

«De qué color tendrá los ojos. El primer día que la vi parecieron azules, pero hoy, bajo estas lámparas que dan una luz fría, el color azul se ha transformado en violeta, casi negro. Siempre me preocupó el color de los ojos de las personas que recién conozco: los ojos y las manos es lo primero que miro, lo que más me cautiva. Mientras no los conozco me parece que no conozco verdaderamente a un ser.»

¡Por qué no era yo Verónica!

—¿Le gusta? —dijo Verónica, mostrando el reloj a Leandro.

—Prefiero el ruiseñor mecánico.

—Yo también —contestó Verónica, dándole cuerda. El ruiseñor movió las alas y cantó. La canción se repetía misteriosamente y al terminársele la cuerda su modulación parecía caprichosa e infernalmente natural.

¿Dónde lo habré oído yo? En el fondo del mar no hay ruiseñores.

—¿Podremos vernos algún día? —dijo Leandro en voz baja; y al no recibir respuesta, insistió—: ¿Dónde?

—Es muy complicado. En la confitería de la esquina de Quintana y Junín.

«Qué puta», exclamé. Leandro no se enojó.

—¿Frente a la Recoleta? —dijo Leandro.

—Frente a ese gomero enorme donde venden flores para los muertos.

—¿En la Biela Fundida? ¿A qué hora? —preguntó Leandro.

—A las cinco. A esa hora me desocupo.

—A su padre no le gustó que yo viniera por aquí. Yo no sabía que estas cosas eran tan caras.

—Todo el mundo no tiene la obligación de saber a qué precios se venden. No está enojado, es el modo de él —dijo Verónica—. Mire cómo habla a esas señoras.

—No parece el mismo de hace un rato.

—Cuando habla con señoras siempre se pone así: son una de sus debilidades, ¡las señoras elegantes!

¿Cómo serán las sirenas? ¿Horribles, preciosas, divinas? Me gusta imaginarlas de noche, pero no ahora.

Rodolfa, Norah y Ceferina

Rodolfa, Norah y Ceferina eran las mujeres que cosían a máquina todo el día, algunas eran amigas mías.

Rodolfa era gorda y fofa, con una mirada soñadora embaucaba a cualquiera. Norah era seca, delgada y angulosa como un hombre. Ceferina, una miniatura. Nadie la quería porque era chismosa.

La música de la radio era ensordecedora en el minúsculo taller de costura; había dos maniquíes; algunas mujeres cosían a máquina; otras con dos o tres alfileres entre los labios hilvanaban, con largas hebras de hilo blanco, ropa informe. Yo estaba ahí cuando Gabriela entró comiendo pan. No se sabía si arrancaba los trozos desganada o vorazmente.

—¿Mamá no está aquí? —preguntó bruscamente.

—¿Y tu novio? —preguntó una mujer como si no la hubiera oído—. ¿Tu novio Cacho? —y riendo, agregó—: Es una buena mandarina.

—No es mi novio —contestó Gabriela.

—¡Ah, ya cambiaste! —dijo otra de las mujeres, riendo convulsivamente.

—¿Mamá no está? —insistió Gabriela.

—No, querida. Estará estudiando, seguramente.

—¿En dónde? —preguntó Gabriela, exasperada.

Las mujeres se miraron. Una guiñó un ojo, la otra se puso la mano sobre el estómago.

—Estará en las tiendas —dijo la más vieja, poniendo los ojos en blanco.

Gabriela salió conmigo, escuchó detrás de la puerta. Era una de sus costumbres. El mundo que escuchaba y adivinaba detrás de las puertas era para ella el verdadero mundo: el otro, una representación. «Las cosas que escucharé hoy serán muy importantes. Tal vez las más importantes que jamás he podido oír. Mi madre es una desconocida. Tengo que averiguar quién es, qué hace cuando no está conmigo. Y estas modistas que son sus amigas han de revelarme el secreto», pensaba tal vez la pobre Gabriela. Las mujeres quedaron hablando.

—¡A quién se le ocurre estudiar medicina teniendo una hija tan grandecita! Cuando era una nenita parecía San Gabriel, ella misma me lo dijo. Nació el 18 de marzo.

—Para andar por ahí.

—No se ocupa de ella. ¡Para qué se habrá casado!

—Hace sus buenos sacrificios. Trabaja toda la mañana —aventuró a decir la más joven—. Y Gabriela es un diablo.

—¿Sacrificios?

—Sí, aunque no lo parezca —insistió la más joven, cortando la hebra de hilo con los dientes.

—Es una descarada.

—Una loca. Yo apenas le hablo. Tiene fotografías del amante en la cartera, y un revólver pequeñito.

—Con razón la plantó Orlando.

—No me hables de ése: es un sinvergüenza.

—El revólver parece que lo lleva para defenderse de los asaltos amorosos. No sé si fue el marido o el amante que se lo regaló.

Rodolfa, que defendía a Irene, dejó la ropa sobre la mesa y salió del cuarto; encontró a Gabriela escuchando detrás de la puerta. Le acarició la cabeza y siguió de largo.

Gabriela cruzó la calle conmigo. *Revolveré el armario. Tengo que ver la fotografía*, pensó. Entró en el cuarto. Abrió la puerta de caoba con espejo del armario. En los estantes de abajo sólo había zapatos y ropa amontonada. Se subió a una silla para revisar los estantes más altos. Iba sacando las cosas y depositándolas en la silla donde estaba parada. Yo la miraba. Encontró tres carteras, las revisó, pensó que no encerraban nada pero, en un bolsillito con cierre relámpago de una de las carteras, que era negra, encontró una fotografía de un muchacho muy joven, de cabello lacio y de ojos negros: era la fotografía de Leandro. La miró. Se bajó de la silla y se acercó a la ventana para verla mejor, con odio y con entusiasmo. Volvió a subirse a la silla y encontró el revólver pequeño. Se lo quité de las manos. Lo tuve en las mías, como en un sueño, acariciando el caño frío con la mano izquierda. Volví a guardarlo en su sitio. En ese momento llegó Irene. Se detuvo en la puerta y nos vio por el postigo entreabierto. Luego irrumpió en el cuarto.

—¿Qué hacen? —preguntó con la voz transformada.

—Busco una cosa —contestó Gabriela, sobresaltada.

—Cómo te atrevés.

Gabriela, con la fotografía en la mano, la miró de frente, desafiándola.

—Dame eso —dijo Irene, tomando del brazo a Gabriela.

Gabriela no le respondió. No tenía la menor intención de devolverle la fotografía. Apretó los labios y miró el techo, como una mártir acribillada de flechas. Irene la golpeó inútilmente. Se trabaron en lucha. En su desesperación por recobrar la fotografía, Irene le clavó las uñas a Gabriela en las muñecas, hasta que brotó sangre. Rodaron por el suelo. Sentí latir sobre el pecho de Gabriela el corazón de Irene, sentí sobre el pecho de Irene el sudor del pelo de Gabriela. Sin decir una palabra me fui del cuarto, avergonzada.

¿Despertaré la curiosidad de los peces que suben a la superficie? Suben a cierta hora y me miran, siento que me rozan con las aletas. Piensan que soy una náufraga.

Roberto Ruso

Roberto Ruso. Un niño negro. El niño más bonito que conocí. El pelo ensortijado y la cara redonda lo volvían angelical. Leandro tenía que contarme todo. Aquel día vio a Roberto Ruso.

Los niños subían a los caballos y a los leones. Tres osos parados sobre las patas traseras giraban sobre el techo de la calesita del Jardín Zoológico. Leandro esperaba a Verónica pensando que lo había citado en el lugar más incómodo y más ridículo de Buenos Aires. Encendió un cigarrillo y trató de no oír la música. Se acercó a la jaula de las llamas, luego a la jaula de las águilas. Tenía pudor de esperar. La cita con Verónica había fracasado demasiadas veces para que ahora pudiera esperarla tranquilamente como a cualquier otra persona. Compró pastillas de menta. Verónica llegó con un cuaderno de dibujo y un lápiz en la mano, como si hubiera estado toda la tarde en aquel jardín. Al darse la mano sonrieron olvidando los malentendidos. Se sentaron en un banco junto a un puente.

—No sabía que dibujaba —dijo Leandro.

—Hace mucho que dibujo. Estudié en la Academia Nacional.

—A ver. Muéstreme. —Leandro trató de mirar la hoja.

—No mire —dijo Verónica, tapando el dibujo con la mano.

—No sea así. Usted es un compendio de sabiduría: es dibujante y pianista —sintiéndose estúpido, Leandro prosiguió con respeto—: Cómo me ha hecho sufrir. Primeramente nos íbamos a ver en una confitería, después en un cine, después en el peor lugar del mundo, en el Jardín Zoológico, y aquí es donde al fin la he encontrado. —Sacó un paquete de cigarrillos y ofreció uno a Verónica.

—No fumo —contestó Verónica, riendo.

—¿Le molesta el humo? —dijo Leandro, escondiendo el cigarrillo.

—No —contestó Verónica—. Era más tranquilo venir acá. Me encanta la música de la calesita.

—¿Le encanta? ¿Le parece que es muy tranquilo este lugar? —preguntó Leandro.

—Sí —respondió Verónica—. Me gustan los lugares inocentes. ¿Qué quería decirme? —Y agregó, la muy estúpida, para parecer indiferente—: Estoy llena de curiosidad.

—Tengo que hablarle de su hermana.

—Ya lo sospechaba —contestó Verónica, coqueteando.

—¿Qué es lo que sospechaba? —preguntó Leandro.

—Que quería hablar de mi hermana.

Era una hipócrita, para mi gusto.

—¿Le molesta?

—No.

—¿Vamos a otro lugar? —insinuó Leandro—. Por una vez que estamos solos. ¿Vamos? —agregó con impaciencia.

—¿A la jaula de las fieras?

—¿Parezco tan feroz? —preguntó Leandro.

Como si hubiera visto lo recuerdo.

—No lo conozco bastante, pero parece muy impaciente.

—Hace no sé cuántos días esperaba verla —dijo Leandro—. ¿No tengo derecho a la impaciencia?

—Una semana no es tanto.

—A usted le parecerá. ¿Vamos al lago del bosque? ¿Le parece bien?

Los dos salieron del Jardín Zoológico. Se acercaron a una motocicleta que estaba apostada al lado de la verja.

—Vamos. ¿Tiene miedo de venir conmigo? —preguntó Leandro, poniendo la mano sobre el manubrio.

—¿Miedo? —dijo Verónica—. ¿Y por qué?

Los dos subieron a la motocicleta que Leandro puso en marcha con dificultad.

—No sabía que tuviera una moto —dijo Verónica, acomodándose en el asiento con desgano.

—Me la prestaron —dijo Leandro, mirando hacia atrás.

—Mire el camino —dijo Verónica—. Vamos a estrellarnos por ahí.

—¿Cómo dice? —gritó Leandro, que oía sólo el ruido del motor.

Verónica se inclinó hacia adelante y le dijo al oído:

—Que vamos a matarnos.

Llegaron al lago, se bajaron y se sentaron en el pasto, debajo de un árbol.

—¿No le gusta estar aquí? El lago está azul: si lo viéramos en una fotografía creeríamos que es un lago de Nahuel Huapi, de esos de agua tan clara que parece una mentira.

—Es cierto —contestó Verónica, embobada—. Es muy bonito.

Leandro sacó del bolsillo las hojas manuscritas.

—Hace un mes que llevo estas hojas en mi billetera, o mejor dicho, sobre mi corazón. Estoy cansado de las personas que conozco. Estas hojas fueron una promesa de algo nuevo. ¿Reconoce la letra? —dijo mostrándole las hojas.

—No —contestó Verónica.

—Miente. Ésta es su letra.

—¿Usted va a saber mejor que yo cuál es mi letra?

—Encontré este cuadernillo en la cuadra donde vivimos. Me obsesionaron durante muchos días la letra y el texto. Son suyos.

—¿Y por qué iban a ser míos la letra y el texto? ¿Sabe cuánta gente que sabrá escribir vive en esa cuadra? ¿Usted es loco? —preguntó Verónica.

—No me haga sufrir.

—Pero ¿qué tiene que ver todo esto con mi hermana, quiere decirme?

—Ya verá. No niegue que este cuadernillo es suyo. La entreví en la ventana el día que lo encontré.

—Bueno, si insiste tanto, no lo negaré —contestó Verónica—. Lo único que quiero saber es por qué no me lo devolvió.

—No estaba seguro de que fuera suyo. Apenas entreví en la ventana el día que encontré el cuadernillo. Por momentos pensaba que había soñado. Estas hojas se volvieron muy importantes para mí. La palabra LEA revelaba en parte de quién eran. Consulté a un grafólogo para que estudiara el carácter de la letra.

—Tienen mucha importancia para mí y poca para los demás. Son las hojas de una novela que estoy escribiendo. Recuerdo perfectamente el día en que las perdí; fue el primer día de primavera; me preocuparon mucho. Yo estaba en el balcón tomando sol y escribiendo: dos cosas que no se pueden hacer a la vez. Las hojas se soltaron del cuaderno y volaron con el viento sin que yo lo advirtiera. Por la noche me di cuenta de que me faltaban: me pareció que el aire transformado en persona leería y juzgaría la parte más vergonzosa de mi obra; una suerte de jurado al que había entregado mi obra involuntariamente y que jamás me otorgaría un premio.

—¿Se trata de un crimen? —preguntó Leandro.

—La protagonista odia a LEA desde la infancia. Desde que existieron Caín y Abel existe el odio entre hermanos.

—¿Y por qué eligió el nombre de su hermana para el personaje de su novela? —preguntó Leandro.

—LEA no era el nombre de mi hermana —contestó Verónica.

—¿Y por qué la llamaban así?

—Porque la sigla que formaban sus iniciales gustó más que su nombre a mis padres, usted ya lo sabrá.

—Nunca me lo dijo —respondió Leandro.

—Para un personaje ficticio me agradaba el nombre —prosiguió Verónica—, porque era breve y rápido como su significado.

—Por lo que pude ver en cuatro páginas, el sentimiento que tenía la protagonista por Lea era muy ambiguo —dijo Leandro.

—Indudablemente.

—Pero ¿cómo es el argumento? Cuéntemelo, muero de curiosidad.

—No tiene argumento —contestó Verónica.

—¿Y se puede escribir una novela sin argumento?

—Es natural. Todo lo que uno siente no bastaría.

—Siempre que sea interesante o terrible o conmovedor.

Verónica y Leandro permanecieron silenciosos unos minutos. Verónica arrancaba hojitas de pasto y Leandro jugaba con una ramita de árbol.

—Me parece que lo conozco desde hace mucho tiempo. Le tengo confianza —susurró Verónica.

—Eso será para que me porte a la altura de su confianza.

—Puede ser; pero yo no sé nada de usted y usted conoce mi vida.

—¿Conozco su vida?

—Fue amigo de mi hermana, por lo menos: y la gente dice que nos parecemos. Además, ha estado en mi casa, ha leído parte de mi novela; en fin, sabe ya mucho, demasiado.

—Por obra de la casualidad.

—Usted no me ha dicho nada.

—Mi vida es banal y miserable y no tengo talento. ¿Hace mucho que escribe? Cuénteme de nuevo la historia.

—Es muy simple: la protagonista desea la muerte de Lea. Piensa matarla, pero la acobardan los procedimientos materiales del asesinato. La protagonista vive en una enorme casa atestada de muebles y de ideas religiosas: tiene que luchar contra un mundo de ideas convencionales. Durante muchas noches trama el asesinato, como un Hamlet femenino. El destino le obedece: Lea muere en el último capítulo, pero al morir no desaparece: pesa sobre la vida, no como una sombra, sino como una persona viva, más viva tal vez que antes. Quedan sus vestidos, su voz grabada, sus libros, los objetos que han quedado en la casa, su perro que la espera debajo de la cama. Todo esto no da lugar al remordimiento. Ella, la protagonista, siente que ha cometido un crimen, pero como la víctima no ha desaparecido, su ira contra ella no se ha calmado. ¿Le gusta? ¿Le parece conmovedor?

—Me parece extraordinario.

—No nos quedemos aquí —protestó Verónica, viendo que anochecía.

Los últimos rayos del sol iluminaban las copas de los árboles y algunas nubes melancólicas y blandas que se extendían en el cielo.

—Es tarde —dijo Verónica.

Leandro, que estaba acostado boca abajo, le besó la mano suavemente, largamente.

—No me iría nunca de aquí.

Al oír la voz de Leandro, Verónica sintió el movimiento de sus labios húmedos sobre el dorso de su mano.

A esa altura de las confidencias sufrí mucho.

—Pero ¿qué quería decirme? —dijo Verónica, turbada, retirando su mano. La idiota pensó sin duda: *Está enamorado de mí o quiere divertirse, acostarse conmigo tal vez, ser mi amante. Tendría que tener un amante.* Son tan convencionales las mujeres.

—Creo que me lo ha hecho olvidar. Ahora quiero hablar sólo de usted.

Verónica oía la voz de Leandro, la voz sola despojada de palabras o más bien llena de otras palabras, como acróbatas del sonido, deslumbrantes. Son tan sentimentales las mujeres.

Mi reloj sumergible no andaba. ¿Qué hora sería? ¿Las cuatro, las cinco de la tarde? Yo adivinaba siempre la hora en la tierra firme, aquí me despistaba todo. A unos pocos metros vi en la superficie del agua azul la línea oscura y larga que parecía el cuerpo de una ballena. Detuve los latidos de mi corazón, no fuera a comunicarse a través del agua con el monstruo. Un pequeño terror me paralizó. Eché atrás la cabeza, cerré los ojos e hice la plancha con aparente tranquilidad. ¿A quién quería engañar? ¿A mí misma? De pronto sentí en mi aterrado sopor que algo rozaba mi cabeza ligeramente. Abrí los ojos. Cerré los ojos de nuevo como si me hubiera sido más fácil concentrarme en la indiferencia. ¡Qué lejos de la indiferencia me internaba! Felizmente me alejaba del hambre, de la posibilidad de tener hambre. El hambre distrae de todo apetito. El roce me siguió torturando. Cerré los ojos hasta que grité al palpar lo que me estaba rozando: una balsa. Aunque nunca me acuerde de esa palabra, en aquel momento reconocí en la forma aterradora de la ballena imaginada una balsa con todas sus letras. Me puse de pie sobre el mar. Nadie lo creerá, salvo San Cristóbal o algún náufrago privilegiado al que se le acerca en pleno mar una balsa que pide socorro, pues era la balsa la que pedía socorro para sus provisiones: uvas, duraznos y naranjas, enamoradamente embaladas en papeles fragantes y paja bonita, como en las cajas de juguetes. Gracias a las maderas rotas de la balsa y a sus tesoros pude subirme a ella sin dificultad. No pensé en posibles arañas o víboras. No vacilé: la sonrisa de las frutas me llamaba, pues de maduras que estaban se abrían en dos como bocas. Los duraznos priscos, sobre todo, con un color de *rouge* a la última moda.

Mirta Lamberti

Mirta Lamberti era de una belleza acrobática. Sobre dos caballos blancos, haciendo equilibrio, yo la hubiera admirado. La conocí en la zapatería Alas y Suelas. Vivíamos en el mismo barrio: era natural, inevitable que nos conociéramos.

Hacía mucho tiempo que Gabriela soñaba con ella y con un par de zapatos. Hacía mucho tiempo que las prendas de vestir eran para ella lo que son para los niños ricos los juguetes y las bellezas acrobáticas. Sentada en la silla de la zapatería frente al taburete donde tenía apoyado el pie, miraba el cuero lustroso, los cordones duros del zapato nuevo. Irene hablaba con Mirta, mirándose en un espejo, sin prestar atención al vendedor ni a Gabriela ni a mí ni a los zapatos. Yo los observaba.

—¿Qué serán esas hojas, con letra de colegiala? —suspiraba Irene.

—¿Qué hojas? —dijo Mirta.

—¿No te dije que anda con unas hojas en el bolsillo? —exclamó Irene.

—Mamá, éstos me gustan —dijo Gabriela, probándose los zapatos. Su nariz, movible, contradecía la tristeza de sus ojos.

¿Por qué estaba triste? Sabía que no le iban a comprar esos dichosos zapatos.

—¿Cuánto valen? —preguntó Irene.

—Quinientos pesos —contestó el vendedor.

—Muy caros para mí —dijo Irene—. Gabriel siempre elige los más caros. Éstos son mejores —dijo, sacando un zapato de una caja y acariciándolo.

—¿Por qué te preocupás tanto? —dijo Mirta a Irene—. Desconfiás de todo.

—Es una obsesión —dijo Irene—. No he dormido en toda la noche.

—Me duelen —dijo Gabriela, sacándose los zapatos.

—Los primeros días duelen —dijo el vendedor—. Después uno se acostumbra. Es como todo.

Irene se sentó.

—¿No tiene sandalias para mí? —preguntó, sacándose el zapato.

—Enseguidita, rubia. No se mueva.

El vendedor trajo un par de sandalias y una pila de cajas de zapatos.

—Éstos son bonitos —dijo Mirta, señalando un zapato con su mano enguantada.

—Último modelo —dijo el vendedor, que sacó las sandalias de una caja. Se sentó a caballo en un banquito para probárselos y dijo—: Pintadas. Pintadas. Qué bonitas uñas.

—Me molestan. Qué incómodas. —Irene se acercó al escaparate y miró otros zapatos.

—No los mire que es peor —dijo el vendedor.

Irene volvió a sentarse; ella, que era loca por los zapatos, no podía pensar en ellos. Lo mismo andaría descalza.

—No me diga que no le gustan —dijo el vendedor, que se sentó de nuevo a caballo en el banquito y colocó el pie de Irene, acariciándolo, entre sus piernas, para probarle el zapato.

Sin duda Irene sintió el calor protuberante a través del género del pantalón.

—Los otros días la vi con un morochito por la calle. ¿Cuándo me tocará el turno, preciosa?

Irene se sacó el zapato y se lo arrojó al hombre. Gabriela recogió otro zapato y también se lo arrojó. Irene, Gabriela, Mirta y yo salimos riendo. Al caminar cruzamos un carrito de frutas.

—¿No me comprás zapatos? —dijo Gabriela.

—Iremos al centro mañana, si tengo tiempo —contestó ella.

En el zaguán de una casa un hombre tocaba la guitarra. Gabriela, Irene, Mirta y yo nos detuvimos a escuchar. El hombre guiñó el ojo a Irene y le miró los pechos, cantando:

Nono, nono, ¿cuándo haré nono
sobre tus pechos? Nono, nono.

—Vamos —dijo Irene a Gabriela. Y dirigiéndose a Mirta—: No puedo ir a ninguna parte. Estoy cansada. Siempre lo mismo.

—¿Por qué usás esos corpiños? —dijo Mirta, que era una envidiosa.

—¿Qué tienen? ¿Querés decirme?

Se detuvieron frente a un escaparate con espejos a los lados, donde se veían reflejadas.

—Mirate —dijo Mirta, pintándose los labios e interrumpiéndose para mirarla.

En los espejos, Irene vio sus pechos erguidos y sonrió.

—¿Qué querés que haga? Si son así. Son naturales.

Gabriela miró de soslayo a su madre. Había algo triste en su cara que se reflejaba también en el escaparate donde había lápices de colores, cuadernos, muñecas y un tren pintado de verde y rojo que nadie compraría. No era por eso que Gabriela estaba triste. Los encantos y las decepciones del mundo eran otros para ella, me lo dijo más tarde. Se sintió muy vieja, tan vieja que se agachó para caminar. Dando puntapiés a una piedrita, con las manos metidas en los bolsillos del pantalón, suspiró como suspiran las mujeres preocupadas.

Gusano

¿Cómo se llamaba Gusano? Jamás lo supe o más bien supe que lo llamaban Labardén por el nombre del pueblo donde nació. Describirlo sería como describir a un insecto misterioso. Era peludo y morocho, con ojos tan negros que parecían no tener iris; en vez de hablar se mordía los labios.

Gabriela amaba a Irene más que a nadie en el mundo. Sin embargo, los días más felices de su vida, días inolvidables, los había pasado lejos de ella, en el campo, en Labardén. Verónica, que daba clases de dibujo a los niños del barrio y que la tenía entre sus discípulos preferidos, la había llevado a veranear a la pequeña estancia El Cardal, de su abuela la Chumbela. Allí, Gabriela conoció a Gusano y se hizo amiga de él. «Te vas a llenar de piojos», le decía Chumbela viéndolos jugar juntos, pero a Gabriela le gustaban hasta los piojos siempre que fueran de Gusano. Gusano vivía en una pocilga con un hombre que presumiblemente no era su padre. El hombre, que se llamaba Papero, vivía de robos de ovejas, a veces de su trabajo, pero nunca le faltaban alimentos ni jabón para lavar la ropa, ni zapatos para Gusano; era bondadoso con Gabriela y le cazaba pajaritos. Una vez le regaló uno conocido por el nombre Brasita de Fuego; tenía el pecho rojo, era precioso, pero no cantaba. Verónica quiso que Gabriela devolviera el pájaro a Papero, pero Gabriela lloró todo el día. Verónica pensaba que los pájaros eran de mal augurio. Era tan supersticiosa que si tenía mala suerte al estrenar un vestido no volvía a ponérselo por mucho que le gustara y volvía a usar los viejos por deteriorados que estuvieran, si consideraba que le traían buena suerte. Si veía la luna nueva por primera vez, a través de dos vidrios, o si se le rompía un espejo, no dormía en toda la noche. Ver a una persona bizca la perturbaba tanto si estaba en la calle que volvía a su casa. Un día, una señora amiga de la señora de Arévalo, que fue de visita con su hija de ocho años y que llevaba anteojos porque era bizca, ocasionó un drama. La señora quiso mostrar a Verónica el color precioso de los ojos de su hija y le sacó los anteojos para que Verónica pudiera verlos directamente. Al ver los ojos bizcos Verónica se cubrió la cara con las manos, para huir después del cuarto, horrorizada. Con esa escena penosa terminó la relación entre la señora de Arévalo y su amiga, que se fue de la casa con su hija, indignada.

Gabriela salía a cazar pajaritos con Gusano. Si Verónica los hubiera visto, los habría puesto en penitencia, pero Gabriela ocultaba hábilmente sus actividades y fingía que estaba pescando en la laguna o juntando duraznos silvestres en un potrero alejado. La vida de Gusano le parecía la más feliz del mundo en aquella pocilga donde ni siquiera había un televisor. Los caballos y las gallinas entraban como Pedro por su casa. Era ése el atractivo mayor para Gabriela. ¿Qué otros compañeros mejores podía pedir?

Nadie exigía a Gusano que se lavara las orejas ni las manos y en cuanto a un baño sólo se lo daba en la laguna, bajo la lluvia cuando llovía, o en los charcos de agua donde metía las manos en busca de sus juguetes que eran sogas, ruedas, alambres o maderas viejas con los cuales construía máquinas o carros. Nunca olvidaría el día que encontraron un peludo, ni el huevo de avestruz, que le regalaron. En un caballo manco, los dos se alejaban por los potreros hasta llegar a la laguna. Se bajaban del caballo, se desnudaban, se metían en el agua. Una noche Gabriela volvió tan tarde a las casas que al día siguiente Verónica la puso en penitencia, no la dejó salir de su cuarto en todo el día.

El señor y la señora de Arévalo

¿Tenían caras? Unas diminutas caras de goma, aquel día.

Como el salón de ventas, el comedor estaba atestado de muebles. Era un día de fiesta. Alrededor de la mesa estaban sentados: el señor y la señora de Arévalo; Inés, la tía de Verónica, que se conducía de una manera extravagante; Fernández, un profesor de historia; Verónica; Alberto, un joven estudiante; Leandro y una señora con un gorro de plumas. Ceferina, una criada tímida, servía la mesa bajo la vigilante mirada de la dueña de casa, que trataba de sonreír a sus invitados. Era la primera vez que Leandro asistía a una reunión tan íntima en la casa de los Arévalo. Nervioso, sin conocer la relación que existía entre las personas que estaban reunidas, miraba de un lado a otro tratando de ocultar su turbación. La comida era larga, no faltó ni siquiera la sopa, y los platos que sirvieron después, tan complicados, con pequeñas fuentes de ensalada o salseras que se agregaban, prolongaban de ese modo el rito. Leandro sintió alivio cuando llegaron los postres. Oír masticar pan tostado lo exasperaba.

—Siga explicándonos esas teorías, profesor; es tan agradable oír hablar de algo que no sea política —dijo la señora de Arévalo al profesor, que estaba sentado a su lado.

—Muy amable, señora de Arévalo —dijo el profesor sorbiendo traguitos de vino, con una sonrisa repugnante.

—Esto sí que es una obra de arte —exclamó la señora del gorro con plumas, sirviéndose el postre.

¡Lo que habrá sido el postre!

—Es obra de mi hija —dijo la señora de Arévalo.

—La felicito m'hijita —dijo la señora, agitando las plumas del gorro, al dirigirse a Verónica.

¿Por qué no se quita el gorro? Tendrá una peluca que quiere disimular, pensó Leandro.

—Profesor, siga, por favor —repitió la señora de Arévalo con zalamería.

—Como decía —continuó el profesor, moviendo las mandíbulas—, desde que se tiene datos y conocimientos sobre las civilizaciones, se ha comprobado que evolucionan por ciclos: mientras algunos pueblos están en la parte baja...

Leandro dejó caer deliberadamente la servilleta. Al recogerla, vio que los pies de Alberto y de Verónica se tocaban debajo de la mesa, con tanta insistencia, que uno de los zapatos de ella se había salido.

—... otros están en la cúspide.

Leandro miró a Verónica y a Alberto disimuladamente. Vio que llevaban anillos de oro lisos. Se había enamorado de Verónica.

—Profesor, ¿no quiere repetir? —inquirió la señora de Arévalo, indicando con los ojos a Ceferina que volviera a pasar la fuente con el «mil hojas».

—Se ha observado —continuó el profesor, tratando de servirse el postre de la fuente que Ceferina mantenía muy elevada— que la adversidad es lo que hace ascender...

La señora de Arévalo indicó a Ceferina, con un leve movimiento de cabeza de ostrero, que bajara la fuente. El profesor continuó hablando:

—... o descender la civilización de los pueblos. —Sin poder cortar el «milhojas», agregó—: ¡Qué difícil resulta cortar este pastel! Los pueblos que tienen que luchar contra un medio adverso desarrollan... —Cortó el pastel violentamente y ensució el mantel—. Perdón, señora... desarrollan vigor para subsistir y con el mismo impulso llegan a la perfección, si se puede hablar de perfección.

El señor Arévalo, pensando en una de sus últimas adquisiciones, un reloj del siglo XVII con figuras que daban las horas, no escuchaba, aunque su cara de cebú inclinada parecía el ejemplo de la atención. Ceferina retiraba los platos lentamente.

—En biología sucede lo mismo —dijo Leandro. Fue la primera frase que se aventuró a decir en el momento en que se le cayó un poco de dulce en el pantalón.

—Yo siempre dije que hace bien sufrir —musitó la tía Inés, con una risita que parecía una carraspera—. ¿Por qué se quejan de los malos gobiernos? El país después repunta y se va a las nubes. ¿Y por qué se quejan los pecadores? Después se redimen y van al cielo —acotó.

—La teoría de Toynbee no es original. Podría resumirse en un refrán: no hay mal que por bien no venga —dijo Alberto.

El profesor, cuando las otras personas hablaban, no se interesaba en la conversación. Rápidamente Leandro se limpió la mancha con la servilleta. El profesor hizo algunos dibujos con la uña sobre el mantel. La señora de Arévalo se puso de pie y pronunció unas palabras ininteligibles: todos la siguieron y pasaron a la sala.

—¿Y este cuadro? —dijo el profesor, deteniéndose ante un marco dorado. El cuadro estaba sumido en la más profunda oscuridad.

—Atribuido a Delacroix —contestó el señor Arévalo, saliendo de su ensimismamiento—. Lo descubrí en un lugar increíble: en un hotel de Alta Gracia. En el primer momento no se sabía lo que representaba. Lo lavé con jabón y apareció esta maravilla.

La señora de Arévalo, la tía de Verónica y la señora del gorro con plumas se sentaron en los sillones.

—¡Qué hermosa casa! Estos apartamentos viejos son los mejores: los techos son altos y los cuartos muy grandes —dijo la señora con el gorro con plumas.

—Dame un cigarrillo —pidió Verónica a Alberto, que palpó sus bolsillos y comprobó que no le quedaba ninguno.

—Voy a buscar aquí en la esquina. Nunca hay cigarrillos en esta casa —dijo Alberto y salió.

Verónica, frente a Leandro, apoyó el brazo sobre el piano, como si fueran a fotografiarla. Para mi gusto era una estúpida, pero me guardé bien de decirlo.

—¿Toca siempre el piano? —preguntó Leandro gravemente.

—Ahora no; con el luto, a papá no le gusta. Son los primeros días, nomás. Mi padre no es convencional: siempre criticó a la gente enlutada, pero la música le trae muchos recuerdos y me dijo que prefería no recordar.

—Yo quisiera hablar con usted a solas —dijo Leandro en voz baja—. ¿Podría ser mañana? Dígame dónde.

Verónica miró a Leandro con asombro:

—¿Por qué? ¿Para qué? —preguntó.

—Tengo que decirle algo muy importante —respondió Leandro—. Quiero verla, pero no aquí. Aquí no se puede hablar. ¿Dónde? Donde quiera. En la esquina, en el fin del mundo.

—No sé —contestó Verónica—. ¿Es tan urgente?

—Urgentísimo. ¿En una confitería, en una plaza, en un cine? —preguntó Leandro.

—No voy al cine.

—Bueno, en una confitería, entonces.

—Bueno —asintió Verónica, mordiendo la punta de un lápiz, y agregó—: ¿Pero en qué confitería?

—América, El Águila, La Ideal. En este barrio o en un barrio apartado.

El padre de Verónica y el profesor, que estaban mirando los cuadros de la sala, se acercaron para mirar uno que estaba colocado sobre el piano: era el retrato de Lea.

—Era demasiado hermosa para vivir —comentó el profesor—, y qué talento que tenía esa criatura.

De ese modo quedó interrumpida la conversación de Verónica y de Leandro, que también miraron el retrato.

—¿Siempre estudia el piano? ¿Bach, Brahms, Bela Bartok, Hindemith, Prokofieff, Debussy, Ravel? ¿Cuáles son ahora sus preferidos? —preguntó a Verónica el profesor, hojeando los cuadernos de música que estaban sobre el piano.

—¿Preferir? —contestó Verónica secamente—. No puedo preferir.

¡Pobre Verónica!

Alberto, Julio, Perfecto, Clodomiro

Alberto, Julio, Perfecto, Clodomiro: cuatro niños sucios. Yo los recuerdo como si fueran hermanos míos.

Esos cuatro niños, al anochecer, estaban reunidos en la plaza Intendente Seeber, donde hay un árbol llamado *ficus*, de ramas muy elásticas. Allí me sentaba a veces a leer un libro. Los chicos hacían pruebas, soltándose de las ramas más altas y dejándose caer sobre las ramas bajas, donde se mecían como pequeños monos. Los cuatro niños eran amigos de Gabriela.

—No quiere que hable con nosotros —decía el menor, que estaba trepado en una de las ramas altas.

—¿Quién te dijo? —decía el otro, bajándose del árbol.

—Gabriela, ella misma: le dijo que no éramos una buena influencia porque somos varones boca sucia —respondió el mayor.

Los niños dejaron el árbol y se fueron caminando hacia el templete. Comenzaron a fumar y a decir malas palabras. Un grupo de estudiantes bailaba *rock and roll* en el templete. Uno de los estudiantes cambiaba los discos en el fonógrafo portátil que estaba colocado en el suelo. Yo los observaba como en un sueño.

—Le daremos un susto —dijo el niño mayor—. Verás si somos buena influencia. ¿A qué hora dijiste que pasaba por aquí?

El niño menor no respondió.

—Si no me contestás te rompo la cara —insistió el compañero.

—Todos los lunes a las ocho y media de la noche —musitó el niño menor, soplando una bocanada de humo.

—¿Quién te lo dijo?

—Yo sé. Te digo. Viene de la casa de una tía.

—Te esconderás detrás de esa planta —dijo el muchacho—. ¿Y ustedes? Ustedes detrás del cerco. Cuando yo silbo la tiro al suelo y ustedes vienen después.

Los estudiantes dejaron de bailar. Recogieron los discos y uno de ellos cargó con el fonógrafo. Los niños se apostaron en el sitio convenido y siguieron fumando. Cansados de esperar, se sentaron en el suelo. Pensé que tenía que decirles algo, pero les tuve miedo.

La tarde estaba húmeda; una leve neblina comenzó a levantarse y el fulgor del sol fue muriendo en el horizonte. Se encendieron los faroles.

—¿Los rompemos a pedradas? —dijo el menor mirando las luces.

—Vamos —dijo el mayor.

Me alejé tristemente.

Debajo de una arboleda el humo de una fogata se mezclaba con la neblina y con el vidrio de los vidrios rotos. Desde lejos se oyó el taconeo de los pasos de Irene, que venía caminando. Me crucé con ella. No la conocía. Después me contó lo que había sucedido. El niño mayor silbó. Cuando Irene llegó frente al templete, el niño mayor salió a su encuentro, le tapó la boca, la arrastró y la arrojó sobre el césped. Irene se debatió desesperadamente. El niño mayor la abrazó bruscamente, y retorciéndole los brazos la miró en los ojos y le preguntó:

—¿No somos una buena influencia para Gabriela? —Luego la besó en la boca, volviendo a repetir la misma frase dos veces más.

Los otros niños los rodearon. Luchaban con ella. Irene era fuerte y consiguió desasirse de los brazos del niño mayor. Se incorporó. A algunos pasos de donde estaban, vio en el suelo un hierro, lo tomó y asestó un golpe que hirió aparentemente al niño menor. El niño cayó al suelo. Parecía desmayado. Los otros muchachos los rodearon. Irene, arrodillada, lo auscultó y le tomó el pulso, luego buscó agua en un bebedero. El niño abrió un ojo y lo volvió a cerrar, cuando Irene volvió con un pañuelo húmedo que le aplicó en la frente. Irene miró a todos lados, corrió al borde de la calzada. Se oyó un trote de caballo y un sonido de cascabeles; por la avenida venía un coche de plaza.

—Vamos. Lo llevaremos al hospital —dijo Irene imperiosamente. Hizo señas al cochero para que se detuviera.

Entre todos cargaron al niño y lo subieron al coche de plaza. No había nadie. De vez en cuando pasaba un automóvil con los faros encendidos. En la noche retumbaban los cascabeles y el trote del caballo. Irene miró al niño, que tenía la misma edad de Gabriela. El niño abrió un ojo para mirarla: Irene no lo advirtió. Los niños se codearon. Se oyó un sollozo, luego otro. Irene trató de identificar al niño que lloraba, pero todos volvieron la cabeza para otro lado.

—¿Adónde vamos? —preguntó el cochero.

—Al Hospital Fernández —dijo Irene.

Pasaba el coche por la calle Acevedo, junto a las rejas del Jardín Zoológico, donde se oyó el rugido de las fieras. Luego, de nuevo, se oyó el silencio, el trote del caballo y los cascabeles. Volvió a oírse una suerte de sollozo. Esta vez Irene advirtió que esos ruidos que parecían sollozos eran risas contenidas. Vio el ojo entreabierto del niño menor. Irene se irguió en el asiento y miró horrorizada a los otros niños. Luego, comenzó a llorar lentamente, sin ánimo de bajar del coche. Los niños la miraron con asombro. Dejaron de reír para pelearse entre ellos con voces guturales. El coche siguió su camino hasta llegar al Hospital Fernández. Ahí se detuvo.

Irene pagó al cochero y se alejó sin decir nada.

Pobre Irene. No le gustaba el agua. A veces nos bañábamos en el río, pero ella se quedaba casi todo el tiempo en la orilla. ¡Qué diría del mar, este mar que me rodea! Se hubiera muerto ya mil veces. Hay demasiada agua para llorar. ¿No se ahogarán mis ojos?

Rosina López

Rosina, la corsetera, era una buena dueña de casa. Tenía tres papadas y un mechón de pelo blanco. Enorme, estaba sentada en una mecedora. Su cara de porcelana, inexpresiva, sonreía. «Pasen, pasen», musitaba.

Había una fiesta en el patio. En una larga mesa con mantel blanco dispusieron los platos, las copas, las bandejas con sándwiches y alfajores, las botellas de sidra y las jarras de naranjada. La música de la radio se oía demasiado fuerte. Algunas parejas bailaban; otras comían; otras estaban sentadas en las sillas, abanicándose o enjugándose la frente con pañuelos. Se sentía la proximidad del verano en los ruidos, los olores, en la actitud de la gente. En la puerta de la casa estaba Irene con su amiga.

—Lo voy a seguir un día y si me engaña voy a pegarle un balazo en el corazón —dijo Irene.

—Hablás mucho, pero sos incapaz de matar una mosca —contestó la amiga, acariciando el marco de la puerta.

—O me iré con otro; no es tan difícil. Después de todo es un chiquilín. No tiene ni un cobre. Le lavo todas las camisas y las medias; le lavo hasta los piyamas y nunca me regala nada, ni para el día de mi cumpleaños.

—Jamás fuiste interesada.

—Ahora lo seré —afirmó Irene—. Y verás cómo me haré respetar.

—¿Qué tal está la fiesta?

—Ya lo ves —contestó Irene, mirando hacia adentro, desde el patio—. Como todas las fiestas familiares: sirven chocolate, naranjada, sidra, sándwiches, tortas de chocolate, y lo peor es que comí y bebí de todo un poco. Los muchachos no valen nada. No daría un centavo por ninguno de ellos.

—¿Quién te gusta fuera de Leandro?

—Alguien que pudiera gustarme.

—Pero es que nadie te gusta.

—No es tan fácil. No se encuentra en cualquier esquina el hombre con el cual soñamos. Pero en estas fiestas, Dios me libre, es donde se encuentran los muchachos menos atrayentes del mundo. Gabriel es la que más aprovecha. Sólo le interesa comer —dijo, mirando hacia el interior del patio, donde Gabriela estaba comiendo un pedazo de torta y sirviéndose chocolate de una jarra—. ¿Por qué no pasás?

—No me invitaron. Además estoy desarreglada; no me depilé las piernas y tengo una mancha en la blusa que no sale con nada.

—Qué importa. Los existencialistas están a la moda. Aquel muchacho acaba de guiñarme un ojo, ¿qué te parece?

—Está loco por vos. Es una manera de ser expresivo.

Irene se encogió de hombros.

—Si fuera buen mozo le haría caso. Si fuera inteligente, porque una se cansa tan pronto de la belleza física cuando no va acompañada de otra cosa.

Tres gitanas se detuvieron junto a la puerta. Una de ellas llevaba un niño en los brazos; la otra parecía encinta y la tercera era como un hombre vestido de mujer.

—¿No me darías algo para comprar comida, rubia? —dijo una de las gitanas mirando hacia el patio.

—Nos morimos de hambre, caminamos y caminamos —dijo la otra, haciendo crujir los nudillos de los dedos de las manos.

—Mirá mis piernas —dijo la tercera, levantando una tras otra las faldas que tenía puestas y mostrando las piernas con venas salientes.

—Vamos a darles algo —dijo Irene, entrando al patio con su amiga.

Se acercaron al sillón de mimbre donde estaba sentada la dueña de la pensión.

—Entré a saludarla —dijo tímidamente la amiga a la dueña de la pensión.

La opulenta dueña de la pensión la invitó a sentarse y parte de la concurrencia se agitó como en un gallinero cuando entra un ave nueva.

—Hay unas gitanas en la puerta que piden algo de comer, señora; y como estamos divirtiéndonos debemos demostrar compasión hacia los desvalidos —dijo Irene a la dueña de la pensión.

—Se sabe que las gitanas son las personas más ricas del mundo —argumentó la dueña de la pensión.

—Tienen várices, hijos y hambre —contestó Irene.

La dueña de la pensión entró en la cocina con Irene.

—Esta carne está un poco pasada, pero sirve —dijo, apartando la carne, pan y un papel de diario.

—Pero es malo para el hígado —protestó Irene.

—Ya habló la doctora. ¡Qué hígado puede tener una gitana! Los esquimales comen carne podrida y les hace bien, m'hijita.

—Deje que yo haga el paquete —dijo Irene, al ver la irritabilidad de su interlocutora.

La señora salió de la cocina rezongando. Irene olió la carne, la miró atentamente y luego, tomándola con la punta de los dedos, la tiró en el cajón de la basura. Abrió la heladera y sacó rápidamente otro trozo de carne, lo envolvió y al salir de la cocina entregó el paquete a Gabriela.

—Dale este paquete a las gitanas que están en la calle. ¿Me oís? Andá.

Gabriela terminó de comer un alfajor como una hambrienta.

—¿Quiere bailar? —dijo un muchacho a Irene.

Gabriela se dio vuelta y estudió la cara del muchacho. Pensó en la fotografía que había visto en la cartera de su madre, pero el único parecido que vio en la cara del muchacho y la fotografía fue la juventud. Tratando de oír la respuesta de su madre, llevó el paquete hasta la puerta donde esperaban las gitanas. La gitana encinta sacó barajas de una bolsa que llevaba debajo de la cuarta falda y se las mostró, modulando la voz como un canto.

—¿No querés que te diga la suerte? —dijo una gitana poniendo el paquete en el suelo. Olía a vino—. Te digo si sos buena, si sos mala, si te sacarás la lotería, si te regalarán juguetes: todo por cinco pesos —y colocando algunas barajas sobre el piso—: Te digo si tendrás un automóvil, si serás aviadora o médica, si viajarás en un barco o en un avión, si tendrás hijos y si te casarás dos veces.

Gabriela escuchó sin responder.

Las gitanas con las caras coloradas miraron hacia el fondo del patio y, encogiéndose de hombros, se alejaron.

—Señora, se olvidan el paquete —gritó Gabriela.

La gitana encinta volvió sobre sus pasos y le dijo:

—Nosotras queremos plata. ¿Qué hay en este paquete? —Sin esperar respuesta, la gitana lo abrió y dejó caer la carne y el pan sobre la acera. Se encogió de hombros y exclamó—: Queremos plata.

Aquella noche cuando salí de la fiesta tropecé con el bulto pegajoso y me ensucié los tacos, que eran finos como alfileres, con carne cruda.

En la tierra yo caminaba mucho. Ahora el agua me envuelve íntegramente y mis piernas se parecen a las algas o a las plumas cuando se mueven.

Había mucha gente. No hablaban, se miraban, se sentaban, se alejaban, volvían. ¿Para qué se reunían? Era gente toda muy bien vestida, pero en tonalidades verdes y marrones, de marrón oscuro, de verde Nilo. Había dos o tres chicos. ¡Qué extraño mundo! Me dieron una bebida salada; bebí sin ganas. Miré con ardor lo que el mundo me ofrecía: brazos que parecían ramas, hojas que parecían pelo; el color de las caras variaba según la luz que las iluminaba. Una de ellas, no sé si era varón o mujer (ahora las mujeres se peinan como los hombres, los hombres como las mujeres), se acercó a mí. No me importaba que fuera una cosa u otra. Pensé siempre que mientras existieran el corte de pelo y el peinado, yo sabría con quién estaba hablando, pero esta vez no sucedió. Hablé con alguien que me contestó: «¿Quiere saber cómo me llamo? Me llamo Pablo». Y se sentó a mi lado sobre un sillón. «Me aburren estas fiestas.» Le contesté: «Pensé que era una mujer. No se ofenda». «No me ofendo. Al contrario, me encanta que me confundan con una mujer, después descubren que soy inteligente.» Saliendo de mi silencio le pregunté: «¿Sos?». Me contestó: «Verás». Conversamos. Él me tomó de la mano. «Hay que tenerse de la mano cuando uno habla de cosas íntimas. La comunión está en la palma», y teniendo apretadas una mano encima de la otra, dijo: «Yo creo en esas cosas». Oscurecía y cerré los ojos. Fue en ese momento cuando me besó, pero sus labios tan tiernos apenas me tocaron y yo le dije que no se arrepintiera. «Yo nunca me arrepiento», le dije, «es tan lindo descubrir a alguien». «¿Dónde vive? ¿Dónde podré encontrarla? Estoy cansado», me dijo y recostó su cabeza enrulada sobre mi pecho. «¡Qué triste el mundo de las fiestas! ¿No te parece?» «Me parece, pero no es tan intolerable si aquí te he conocido.» «Tenés razón, perdoname.» Sentí que la luz disminuía. Miré a mi alrededor. ¡Qué encuentro inesperado! Todo el mundo ya se fue y yo me quedé sola. El barco se movió. ¿Recordaría la cara de Pablo? Lo miré intensamente, lo que me obligó a decirle: «¿Por qué me mirás así?». Él pensó un rato sin hablar. «Me parece que hace un siglo que nos conocemos.» «Es cierto, pero yo encuentro pocas personas como vos, tan buenas, tan dispuestas a comprendernos.» Me saqué un anillo y se lo di. «¿No me olvidarás?» Una bocanada de agua le entró por la boca. No pudo contestar. A su lado me sentí morir y luego se fue para siempre con los ojos cerrados y yo casi muerta.

La mujer dejó de mirarme. Vendía las entradas en boletería. «Un film donde ustedes pueden entrar, si les gusta. Es una historia de celos.» «Conozco tanto», contesté. «Quién no conoce los celos. Celos hay para todo y todos.» De nuevo el silencio. Estaba feliz de pensar por fin en alguien: en Pablo. Me contuve para no llorar adentro del mar, ¿quién puede hacerlo? Yo y vos. Las lágrimas corrieron y sentí que se apoderaba de mi alma la misma sensación. Creo que me arrodillé, pero lo imaginé, y lo que imagino se vuelve real, más real que la realidad.

Los días corren. Por momentos siento que la vida me arrastra a otros lugares como el agua que me circunda. No me voy a morir. Que mi santa me proteja, por favor.

Estoy sentada en un jardín que no conozco. Me duermo en una hamaca paraguaya y siento que mi memoria me abandona. Conozco seres que me recuerdan, yo no recuerdo a ninguno. Hay jóvenes que practican los juegos más difíciles, pero no son los que yo conozco, los vi en concursos muy importantes. Dios mío, no me abandones. Yo jugué al tenis, a veces; gané certámenes difíciles, pero ahora no soy digna de ganar nada. Estoy mirando al mundo que se aleja, que me abandona, que me tiene entre sus brazos y que no puedo reprimir. El gusto del agua me quemó la boca, Dios mío, cuando el agua me salvó. Tengo miedo de perderme en este mar inmenso. No sé cómo haré para no morir, para no desintegrarme, perder mi identidad totalmente y olvidarme del resto.

Camino por la cubierta del barco. Tomo frío, me alimento, me mareo, hoy y mañana. Seré feliz hasta el día de mi muerte.

Torcheli

Lo llamaban Torcheli porque era torcido, tuerto y rengo. Irene le tenía miedo.

Irene aconsejaba a Gabriela que no frecuentara tanto el Jardín Zoológico. Muchos hombres iban a mirar los monos, hombres que parecían criminales, como Torcheli, ladrones o degenerados, para los cuales el acto sexual no requería sino una condición para su cumplimiento: la anomalía perfecta del objeto inspirador: una estatua, un animal, una estampa o un niño. Irene conocía a esos hombres. Les temía, porque en su infancia la habían avergonzado. Para que Gabriela no fuera al Jardín Zoológico trató de asustarla contándole cuentos de animales que se habían escapado de las jaulas. Llegó a decirle que en ciertas épocas de su infancia la calesita en vez de tener animales de madera había tenido animales verdaderos. Estos últimos habían usurpado los sitios estratégicos una noche, para romper las normas de las costumbres por largos años. Las madres de los niños y el dueño de la calesita no advirtieron la cosa hasta que un niño se disgustó con un león, que le mordió la mano. Con este acontecimiento el Jardín Zoológico tuvo que cerrar sus puertas hasta que se restableciera el orden. Gabriela, lejos de asustarse con este cuento, se entusiasmó más con los animales. Dejaba de comer el postre para dárselo al tigre al día siguiente. Imaginó una historia perfeccionada del relato que le había contado su madre. Toda la arquitectura, los meandros del Jardín Zoológico le ayudaron a imaginarla. Los animales que antiguamente ocupaban sus sitios en la calesita eran animales felices. Los pabellones en que vivían tenían balconcitos por donde contemplaban las estrellas, de noche.

En cualquier momento volverían a la calesita y echarían a mordiscos y a zarpazos a esos tristes animales de madera que encantaban a los niños, tal vez se comerían al dueño de la calesita y elegirían a Gabriela para poner en marcha la máquina y elegir música: tangos, rumbas, marchas o boleros. Entonces Gabriela sería la única en saber el secreto: Gabriela y los animales. Saldría su retrato probablemente en los diarios después de algunos años, cuando uno de los leones cansado de una niña fastidiosa le diera un mordisco, y Gabriela al ver el terror de la muchedumbre gritaría *No tengan miedo, no tengan miedo* a los animales, y giraría con ellos en la calesita a la velocidad de un astronauta con música y aplausos. No, jamás dejaría de ir al Jardín Zoológico. Jamás dejaría de conversar con los animales. Jamás dejaría de darles una porción de su comida. Había bautizado a algunos de los animales. Algunos acudían a su llamado, otros le decían adiós con la pata o con el ala, cuando tenían alas. Uno llegó a morderla a través de la reja en el momento en que le dio una galletita y lo llamó desde ese día el Felón Carnívoro.

¡Y pensar que me gustaba nadar! Ahora sólo reposo sobre el agua, olvidada de mi nombre, de mi cara, de mi identidad. A veces retiro una mano del agua para mirarla. Qué extraña es una mano. A veces me asomo sobre uno de mis pies.

Gabriela

Recuerdo a muchos niños, pero a ninguno como a Gabriela. Pálida, con la cara del color del pelo, llamaba la atención por la gravedad de su mirada.

La única ventaja de ser niño es poseer un tiempo de doble ancho como los géneros de tapicería. El tiempo, que no alcanzaba para nada, era infinito como un desierto para Gabriela. En cuanto tenía un momento libre, y éstos abundaban, entraba en el Jardín Zoológico. Le interesaban los animales porque se conducían de un modo natural: si tenían hambre comían incesantemente, si tenían sed bebían hasta que se atoraban, si estaban en celo hacían el amor desesperadamente, si tenían sueño dormían a cualquier hora, si estaban furiosos mordían o arañaban o mataban al enemigo. Es cierto que también morían y que morir es ridículo, pero eran tan pulcros, tan exactos. (Nunca olvidaría Gabriela la muerte de su abuelo paterno, una muerte fingida.) A veces daba a los animales las galletitas o los chocolatines que le habían regalado. A veces metía las manos entre las rejas para acariciarlos. ¿Qué podían hacerle un jaguar, un lobo, una hiena, un tigre? Era partidaria de los animales. Llevaba siempre un cuadernito donde después de haberlos mirado mucho los dibujaba colocando cuidadosamente el nombre de cada uno de ellos al pie del dibujo, marcando con una estrella los preferidos y con una cruz los que menos le gustaban. Los que menos le gustaban generalmente a su juicio se parecían a algunas personas.

Ésta era la lista de cuadrúpedos, de aves que ella había anotado en su cuaderno, copiando los nombres:

– Cebú: toro sagrado de la India. *Bos Indicus.* Gris: señor Arévalo.
– Oveja de Somalia: cabeza negra, cuerpo blanco: mi abuela.
– Mono tití: penacho negro: doctor Ernesto.

– Pecarí de collar: La Tunga.
– Oso de lentes: vendedor de cigarrillos y pastillas.
– Oso de Siria: almacenero.
– Ostrero blanco: pico largo amarillo anaranjado: señora de Arévalo.
– Faisán plateado: mi maestra de escuela.
– Faisán Lady Amherst: la finada Leonor.
– Chuña: Gusano.
– Hoco jaspeado: las modistas amigas de mamá.
– Búho ñacurutú: Papero.
– Grulla del paraíso: Verónica.

Si los animales hubieran hablado probablemente hubieran dicho las mismas frases que ellos. Gabriela soñaba con esos animales, a veces la salvaban de grandes peligros en un enorme mar donde se estaba ahogando o en un bosque donde otros animales la perseguían, o en su casa durante un incendio que a menudo la obcecaba. Se despertaba gritando e incorporándose, a veces se levantaba en la oscuridad y salía al patio, cuando su madre no estaba, presa de una congoja inexplicable. Estas inquietudes nocturnas de Gabriela preocupaban a Irene. De noche, después de las comidas casi siempre frugales le preparaba tazas de tilo o de manzanilla para tranquilizar sus nervios. Pero el tilo y la manzanilla obraban como un excitante en el organismo de Gabriela. Empezó a padecer insomnios y estos insomnios la hacían revolverse en la cama como un gusano. Cuando Irene salía de noche, al llegar a su casa, invariablemente al abrir la puerta, se asustaba creyendo que Gabriela se había escapado. Un montón de ropa la cubría, las sábanas no estaban en su sitio, la almohada estaba en el suelo. Durante unos minutos Irene inspeccionaba el cuarto con angustia: no se acostumbraba a esa hija que la esperaba tal vez con la pena con que los niños esperan a veces a sus padres cuando no saben dónde están, pensando que los han perdido para siempre, que quedarán abandonados en poder de un mundo cruel y extraño. Gabriela de noche era una niña sensible, cavilosa, angustiada; Gabriela de día era una niña alegre, a veces despreocupada, curiosa, independiente. Se hubiera dicho que esas dos niñas no eran la misma. Irene al mirarla notaba en ella las diferencias físicas producidas por el día y por la noche. Tenía a veces la sensación de ser la madre de dos niñas. *¿Las madres de mellizos se sentirán divididas entre dos cariños, como yo entre la Gabriela nocturna y la Gabriela diurna?*, se preguntaba. No sabía a cuál preferir, pues si le molestaba más la Gabriela nocturna que la esperaba todas las noches como un reproche debajo de ese montón de cobijas, despierta, ¿qué recompensa era para ella recibir el abrazo, la ternura que le prodigaba a esas horas? La Gabriela diurna que la espiaba traviesamente, entregada en parte a su vida de escuela, a sus investigaciones zoológicas, a su habilidad de dibujante decoradora (pues era una decoradora de muros y de árboles), ejerciendo una fascinación sobre ella, no le pertenecía. Era una niña lejana, rebelde, a veces maligna, que trataba por todos los medios de averiguar fríamente lo que ella hacía. Niña chismosa, tal vez, que podía traerle disgustos porque su pasión irreprimible por hablar podía llevarla a traicionar a su madre del modo más involuntariamente cruel que pudiera existir en este mundo. *Así son los niños*, pensaba muchas veces Irene, *por una pequeña dosis de alegría que nos dan, tenemos que tragar toda la amargura del mundo. Así son los hombres también. Así es el mundo. Así también será Leandro.*

Rezaba como en su infancia y mezclaba el nombre de Gabriela al de la Virgen y al de Jesús.

¿Cómo harán para subirme al barco? ¿Alcanzarán a verme? ¿Me oirán? ¿Qué dirá Leandro? ¿Estoy enamorada? Es lo único que ocupa mi pensamiento, pero ahora estoy habitada por infinitas personas que perturban mi memoria; estoy viviendo de otros recuerdos. ¿Cuál soy yo? A veces no me encuentro.

Rosina Díaz

No me aventuraré a decir que Rosina Díaz era buena. Bastaba ver su cara o recordarla para que la maldad con su indumentaria característica se acercara en puntillas para soplarme algo al oído: un secreto malévolo. Sin embargo, era tan generosa para conseguir los fines que se proponía girando sus ojos oblicuos y oscuros que a veces exclamábamos: «Sos una santa, sos una santa». Era capaz de ser una santa para obtener lo que se proponía. Sobre su frente de niña caprichosa tres rulos brillaban, sus facciones borrosas eran dulces. Fue mi compañera de escuela y me explicó a los ocho años los misterios del nacimiento y del amor, que tanto me hicieron sufrir.

Norberto Descoto

Norberto, tengo que pensar en la palabra «escote» para recordar su apellido: Descoto. El doctor Descoto, director de la Clínica Privada de Ojos, era alto y muy delgado, continuamente se agachaba como si pasara por puertas demasiado bajas. De perfil, su cara de conejo absorto no era tan bondadosa como de frente. Cuando mi abuela tuvo que hacerse operar de cataratas se internó en aquella clínica, y por esa triste circunstancia conocí al doctor Descoto. Asocio su cara a los innumerables pacientes con anteojos azules que vi desfilar por esas salas cuando iba a visitar a mi abuela llevando los frascos de dulces y otras golosinas que mi madre le preparaba. El doctor Norberto Descoto estaba en todas partes vigilando su casa. En la sala principal de entrada, cuadros todos alusivos a operaciones de ojos o a ciegos conducidos por niños, por ángeles o por perros, me seducían; una estatuita amarilla que representaba a una mujer con los ojos vendados y las manos extendidas como palpando el aire me daba miedo. Un día, del ramo de junquillos que mi madre le llevaba de regalo a mi abuela, saqué una flor y a hurtadillas la coloqué entre los dedos de la estatuita pensando que había cometido un acto de arrojo, teniendo en cuenta el perfil severo de conejo del doctor Norberto Descoto, con sus ojos de águila que inspeccionaban sin tregua el orden de la casa y la compostura de sus visitantes. Allí, en aquellas salas, descubrí que los ciegos son adivinos, cosa que el doctor Norberto Descoto jamás supo. ¿Cómo lo descubrí? No lo diré ahora para no alejarme de mi descripción. El doctor Descoto tenía la costumbre cuando hablaba de acariciarse la barbilla y de hacer un movimiento rotativo con los hombros, abotonándose o desabotonándose la chaqueta. Su voz baja parecía emitir sólo secretos, aun o sobre todo cuando hablaba de comidas. Un día creí que mi abuela iría a quedar ciega o que estaría a punto de morir, tan gravemente hablaba el doctor Descoto a mi madre. Cuando me acerqué, oí que le hablaba de un osobuco y de una caballa preparada al vino blanco. Yo no sabía lo que eran ni osobuco ni caballa, pero advertí que la salud de mi abuela no estaba en juego y la mención del vino blanco me sugirió que hablaban de experiencias culinarias. Las malas lenguas decían que el doctor Descoto tenía dos novias, que recibía a una, que era pobre y rubia, los sábados y domingos, y a la otra, que era millonaria y morocha, los jueves. Nunca las vi, pero sé que las dos llevaban anteojos. Lenguas más malas aún decían que se masturbaba y que tenía dos novias para disimular sus vicios. El doctor Descoto siempre estaba ocupado corriendo de una habitación a otra, acariciándose la barbilla frente a cada puerta. En una oportunidad dijo a mi madre que él también había sufrido una operación en un ojo, en la misma clínica, y que por ese motivo la imagen de Santa Lucía en la entrada del edificio tenía siempre flores frescas y un cirio encendido.

Ahí conocí a Higinio Roque: me hizo un examen de fondo de ojo con un nuevo oftalmoscopio. Se parecía a Raúl Ciro, pero no me gustaba.

Qué horrible sería ser ciega. No vería llegar el barco ni las gaviotas ni las tormentas.

Raúl Ciro

¡Raúl Ciro! Yo pensaba que ningún Raúl, por llamarse Raúl, podría gustarme. Ojos negros, brillantes (no eran negros, eran de color chocolate), nariz ni fea ni bonita, boca de labios gruesos, pómulos salientes, dientes que merecerían ser blanquísimos pero que eran negruzcos. En cuanto yo oía su voz, estaba perdida. Nunca miré sus orejas de un modo serio, las imaginaba más bien. Nunca supe su edad. Nunca vi sus pies descalzos, siempre lo vi rigurosamente vestido. Del mismo modo hubiera podido enamorarme de una fotografía y fue de una fotografía que me enamoré y no de Raúl Ciro, a quien no estimo y a quien nunca pude estimar. ¡Qué triste suerte la de los enamorados que se enamoran de una falsa imagen! El Raúl Ciro imaginado era el polo opuesto del real. Párpados rojos, boca desfigurada, piel manchada, nariz peluda, pelo grasiento, altura de perro sentado; todos estos detalles físicos pertenecen al Raúl Ciro real. Sedosas pestañas negras, boca sensual, piel cobriza, nariz de animal joven, pelo lustroso, esbeltez, todos estos detalles físicos pertenecen al Raúl Ciro imaginado. Sin embargo, creo que la voz no dejó de ser la misma en la realidad como en la imaginación; una voz cálida que siempre decía algo diferente detrás de cada frase vulgar. Una voz de rostro y de manos perfectas.

Las mujeres aman con los ojos cerrados, los hombres con los ojos abiertos, por ese motivo pude amar a Raúl Ciro y él no pudo amarme a mí pese a mis encantos tan bien logrados. ¡Pobre Raúl Ciro! Pocas mujeres lo habrán amado y lo amarán. Ya no es joven y quiere serlo. La cara se le llena de arrugas incongruentes porque las rechaza. ¿Y qué puede decir su boca oscura que parece un riñón o un rulero de goma pluma? En cada ser está el infierno y el cielo. El infierno se ve más claramente.

¿Me dormí en la balsa? ¿Me caí de la balsa? Nunca lo sabré. Dios mío, sálvame. Ya no sé dónde estoy.

En un lugar había gente, hablaban; no se oía lo que decían. Era un bullicio intolerable. Entre las carcajadas se oía una voz de clarinete que preponderaba sobre las otras, profundas como tumbas. Nunca sabré lo que decían. Tampoco sé si decían algo o si el gutural sonido de las voces proyectaba algún anuncio que el resto de la concurrencia comprendía. Me atreví a preguntar: «¿En qué idioma hablan?». La persona que interpelé me miró de arriba abajo; yo me contesté furiosa: «¿Norcoreano?, ¿yidish?». Nadie contestó ni protestó. Me fui con la cara mojada y fría a buscar un lugar de silencio. Me eché al suelo como un trapo usado, con la conciencia de estar desnuda. Un joven me tocó los pechos al pasar. «Sirena, andate al mar», fue lo único que entendí. Me provocó un orgasmo que no quiero repetir nunca más.

Gracias, Dios mío, por facilitarme la vida, por permitirme escribir hasta el último orgasmo y por haber escrito esta novela en tu honor.

Celia o Clelia

Se llamaba Celia o Clelia. Era peinadora en la casa Náyades. Entre marañas de caras, la de ella se destaca por su fealdad. ¿De qué le serviría ser joven? Debajo del pelo aceitoso, los ojos se asomaban con dos pupilas como alfileres, la mandíbula prominente terminaba en papada, la boca era un tajo torcido, violeta o morado. Ningún indicio de juventud en ella la volvía medianamente atrayente. Me peinaba sin hablarme, con los ojos clavados sobre mi cabeza. Yo le decía:

—Celia o Clelia, ¿qué le pasa?

Ella no me contestaba. Era a mí que me pasaba algo. Un día yo tenía un orzuelo en un ojo, otro día un forúnculo en la nuca, otro día un herpes en el labio, hasta que empezó a caérseme el pelo y resolví consultar a un médico especialista de la piel, pero fueron inútiles las pomadas y remedios que me dio. Mi calvicie progresaba, mis forúnculos se reproducían y qué decir de los orzuelos. En el espejo de la peluquería la señorita Celia o Clelia me miraba compasivamente y para consolarme me hacía confidencias clavando en el espejo su mirada de alfiler; su voz agria fluctuaba con frenesí. Tenía dificultades para cocinar, así me lo dijo: la mayonesa se le cortaba, si miraba el arroz con leche se separaba el arroz de la leche, una taza de té con leche sufría transformaciones bajo su mirada y no se podía beber. No podía abrir la heladera: un simple vistazo que diera a los postres o a los helados los echaba a perder; lo mismo pasaba con las flores, pero ahí no era cuestión de miradas sino de manos. El calor de sus manos marchitaba todo cuanto tocaba. En el espejo vi los mechones de pelo que me arrancaba al pasarme el peine. Sus ojos brillaban. El movimiento de sus manos parecía de arpista cuando dejaba el peine para poner entre las ondas de mi pelo, marcadas con cerveza, invisibles horquillitas rubias.

—Tengo que irme —musité, mirando el vaivén expresivo de sus manos.

—Imposible. No he terminado —protestó.

—No me siento bien, señorita.

—Pero no puede irse así con el pelo mojado, un mechón colgando y otro recogido.

Tratando de no mirar sus ojos en el espejo ni su cara horrible ni el movimiento incesante de sus manos, me puse de pie trastabillando, para demostrarle que me sentía mal; y era verdad que me sentía mal: un zumbido en los oídos, una sequedad en la boca, escalofríos me recorrían el cuerpo. Las manos coloradas de Celia o Clelia blandían la redecilla que quería colocar sobre mi cabeza, dos horquillas entre sus labios apretados brillaban como dientes monstruosos.

—Señorita Clelia, volveré mañana. Hoy siento que voy a desmayarme.

—Estará indispuesta —contestó implacable—. Cosas de mujeres. Siéntese, voy a buscarle un vasito de agua con aspirina.

Me tomó del brazo y me obligó a sentarme. El olor a *shampoo*, a barniz de uñas, a tinturas y cosméticos calientes me dio náuseas cuando miré por última vez, involuntariamente, los ojos de Celia o Clelia. Desapareció detrás de una cortina en busca del vaso de agua y de la aspirina, y yo aproveché para irme con el pelo todo mojado ¡olvidando mi peine perfumado que era tan bonito! El que me regaló Remigio.

Boca arriba estoy más cómoda. Boca arriba me ahogo. Boca arriba miro el cielo. Boca arriba rezo. Boca arriba pienso con toda mi vida. Boca arriba soy mi lecho.

Remigio Luna

Remigio Luna, niño travieso pero precoz, me hablaba como un hombre en la orilla del mar.

—La espero esta tarde en la playa. ¿A qué hora?

Quisiera estar en la orilla del mar. ¿Por qué no seré un anfibio? Lo mismo me sucedía cuando estaba enferma en cama: quisiera estar en cama, exclamaba yo mentalmente.

—No sé —yo le contestaba.

—La esperaré de todos modos. ¿Va a traerme lo que me prometió?

Yo le había prometido un barquito. Remigio era delgadito y nervioso. Sus ojos eran verdes y un poco tristes. Su pelo frondoso caído sobre sus ojos, sus facciones asimétricas. Era inteligente, sensible. Yo podía hablar con él como una persona adulta y con más alegría. Tenía ocho años, dibujaba.

El amor es uno solo como las muñecas rusas que contienen otras parecidas entre sí sin ser las mismas, y sin embargo son una sola. Algunos hombres son felices porque no tienen familia, otros porque tienen. Algunos hombres son desdichados porque tienen familia, otros porque no tienen. Remigio no tenía familia. Yo era su familia. Un día me quiso violar.

En el fondo del mar quiero descubrir el sentido de la vida antes de morir.

Gilberta Valle

Gilberta Valle tenía ochenta años y dos más que no confesaba. Su cara era un rayador rosado. Pequeña y delgada, llamaba la atención por su agilidad. Vivía en un pueblo donde hacíamos compras e incursiones a la peluquería durante las temporadas de verano. El peluquero Graciano Puco le hizo un día la permanente: ella que nunca iba a la peluquería tuvo ese capricho de hacérsela, además de haberse pintado las mejillas y la boca con labios suplementarios por primera vez, lo que llamó aún más la atención del peluquero.

—¡Qué coqueta, señorita Gilberta Valle! —exclamó el peluquero al verla con el pelo rizado—. ¿Tiene alguna fiesta?

—Me voy de viaje.

Gilberta Valle había vendido todo lo que tenía para irse. La ropavejera Leonarda Cianculli la recibía todos los días en su casa. Leonarda, vestida de negro, parecía una monja. Sus ojos verdes titilaban dulcemente. La conocí en la farmacia. Estaba siempre encinta. Había puesto a Gilberta Valle en comunicación con un jubilado que quería casarse por medio de cartas y de fotografías que llegaban y partían de Bahía Blanca. Gilberta había vendido todo lo que tenía. Se hizo marcar el pelo en la peluquería el día de su partida.

Cuando terminaron de peinarla, salió apresuradamente. Era un día lluvioso. El peluquero secó el vidrio empañado de su ventana con la mano y miró para ver adónde se dirigía Gilberta Valle. La vio entrar en la casa de enfrente donde vivía la ropavejera, de donde no salió nunca más.

Tres viejas, tan viejas como Gilberta Valle, que se pasaban el día tejiendo, haciendo dulces y hablando, intrigadas por la desaparición de Gilberta Valle, descubrieron el misterio.

La ropavejera Leonarda Cianculli y su marido, tan correctos, comenzaron a parecer sospechosos. El matrimonio hacía poco tiempo que vivía en ese pueblo y eran pobres como ratas. El marido de Leonarda compraba cigarrillos averiados, se arrancaba los dientes personalmente, comía carne y polenta dos veces por semana, tomaba mate en un jarrito de loza, nunca llevaba a su mujer al cine y cuando estaba enferma la hacía ver por un veterinario.

De improviso, el matrimonio cambió de costumbres, comió carne diariamente, fue al dentista, al cinematógrafo, tomó mate con mate y bombilla de plata, compró paquetes de cigarrillos todos los días, fabricó jabón, llamó a un médico ginecólogo. Las tres viejas transformadas en detectives, una lívida y las otras congestionadas, se preguntaron de dónde provenía la riqueza. Se hicieron amigas de Leonarda para sonsacarle la verdad; la invitaron a la casa de una de ellas, le ofrecieron bebidas que la otra aceptó hasta emborracharse. Entre otros tópicos Leonarda habló de un jabón buenísimo que hacía para lavarse el cuerpo y la ropa, y entre risa y risa contó cómo había inventado el supuesto novio, escrito de puño y letra las cartas, aducido las fotografías, robado y matado con un hacha a Gilberta Valle. Luego contó cómo la cortó en pedacitos que (agregados a la potasa) sirvieron (salvo los huesos, que enterró) para hacer jabón.

Las tres detectives, transformadas en tres parcas, cortaron el hilo de la vida de Leonarda, que murió de disgusto cuando la llevaron presa, con un jabón en la mano.

¿Alguien pensará en mí?

¿Dónde estará mi balsa? La perdí.

Mauricio Cairel

Mauricio Cairel era lánguido y vivo por momentos; su cara alargada y soñadora no me gustaba. Hay mucha gente capaz de admirarlo, pero la gente es loca. «Es un gran artista», dicen de cualquiera que tenga una casa de antigüedades, o el pelo muy largo o dientes negros y las uñas violetas. A mí me repugna. Hace arañas con hierros y vidrios que roba o compra en los cementerios. Tomé café con leche en la confitería La Perla del Once con él una tarde.

Ani Vlis

Conocí a Ani Vlis en un espejo al entrar subrepticiamente en un cuarto de la casa donde habitaba con su familia. Pequeña, delgada, Teru-teru la llamaban, era horrible pero, en el espejo, a veces, un destello de belleza brillaba en sus ojos o en su pelo lacio, en la forma incongruente de su mandíbula, en la inclinación estudiada de su cabeza. Yo la miraba para verla más hermosa siempre en cualquier espejo de las habitaciones, cuando los había, o en los vidrios de las ventanas o de los cuadros que la reflejaban y nunca directamente, pues sentía un gran afecto por ella y, a mi juicio, no merecía ser tan fea.

A los siete años una neurosis aguda la marcó para el resto de su vida: nadie pudo descubrir el origen de esta neurosis, y la familia hizo infinitas conjeturas para descubrir el mal. Sus padres eran pudientes y la habían colmado de juguetes en la infancia. En la vitrina, dos muñecos escoceses, uno con un tambor, otro con una gaita, una gitana con una pandereta, un cocinero con gorro y una sartén, una muñeca vestida de primera comunión, con rosario y librito de misa, un juego diminuto de muebles alegraban relativamente su vida y maravillaban a las visitas, que exclamaban: «No hay nadie tan feliz como la pequeña Ani, a quien le han regalado tantos juguetes». Pero Ani sabía que todo regalo era promesa de un futuro suplicio, desde que la habían operado de apendicitis. Recordaba con horror aquellos tres días consecutivos, vísperas de la operación, en que habían atestado su dormitorio de regalos. ¿Por qué, si no era su cumpleaños, si no era Navidad, si no era Año Nuevo ni Pascuas, ni el día de su primera comunión le hacían tantos regalos? El malestar crecía en ella con la aparición de cada nuevo juguete. Las tres noches llegaban prometiendo algo atroz. Finalmente, sin desayuno, le pusieron medias gruesas de lana blanca una mañana fría, la sacaron de su casa y en un taxímetro destartalado la llevaron a la sala de operaciones de un sanatorio. Se debatió, la ataron, le pusieron una máscara, la anestesiaron con cloroformo. No sabía dónde estaba cuando despertó. Desde ese día la pobre Ani pensó que todos los regalos eran sobornos, engaños, promesas de algo horrible; lloraba al verlos y no los quería.

—Quiero ser pobre, mamá —le decía a su mamá.

¿Pero qué era la pobreza? La pobreza para ella era ser libre, andar descalza, no ser operada, treparse a los árboles, comer fruta verde, jugar con el barro y con el fuego, no tener niñera ni guantes de hilo puestos en las manos. La madre contestaba:

—No sabés lo que es ser pobre.

La pobre Ani protestaba:

—Sé lo que es ser pobre.

—No tendrías juguetes.

—Mejor.

—Ni zapatos.

—Me gusta andar descalza —refunfuñaba Ani.

Livio Roca

Era alto, moreno y callado. Nunca lo vi reír ni darse prisa para nada. Sus ojos castaños nunca miraban de frente. Llevaba un pañuelito atado al cuello y un cigarrillo entre los labios. No tenía edad. Se llamaba Livio Roca, pero lo llamaban Sordeli, porque se hacía el sordo. Era haragán, pero en sus ratos de ocio (pues consideraba que no hacer nada no era haraganear) componía relojes que nunca devolvía a sus dueños. En cuanto podía me escapaba para visitar a Livio Roca. Lo conocí durante las vacaciones cuando íbamos a veranear a Cacharí, un día de enero. Yo tenía nueve años. Siempre fue el más pobre de la familia, el más infeliz, decían los parientes. Vivía en una casa que era como un vagón de tren. Amaba a Clemencia, era tal vez su único consuelo y el comentario del pueblo. La nariz de terciopelo, las orejas frías, el cuello curvo, el pelo corto y suave, la obediencia, todo era un motivo para amarla. Yo lo comprendía. De noche, cuando desensillaba, tardaba en despedirse de ella, como si el calor que se desprendía de su cuerpo sudado le diera vida y se la quitara cuando se alejaba. Le daba de beber para alargar más la despedida, aunque ella no tuviera sed. Tardó en hacerla entrar en el rancho, para que durmiera ahí, de noche, bajo un techo, en invierno. Tardó porque temía lo que después sucedió: la gente dijo que estaba loco, loco de remate. Tonga fue la primera que lo dijo. Tonga, con su cara amargada y sus ojos de alfiler, se atrevió a criticarlo a él y a Clemencia. No se lo pudo perdonar jamás, ni ella a él. Yo también amaba a Clemencia, a mi modo.

En el cuarto de los cajones estaba la bata de seda de la abuela Indalecia Roca. Era una suerte de reliquia que yacía a los pies de una virgen pintada de verde, con el pie roto. De tanto en tanto, Tonga y algunos otros miembros de la familia, o alguna visita, le ponían flores de mala muerte o ramitos de yerbas, que olían a menta, o bebidas dulces y de colores llamativos. Hubo épocas en que un cirio retorcido, pintado de colores, temblaba con su llama moribunda al pie de la virgen, por eso la bata de seda recibió gotas de estearina grandes como botones, que más que ensuciarla la adornaban. El tiempo fue borrando estos ritos: las ceremonias se espaciaron. Tal vez por eso se atrevió a utilizar la bata para hacerle un sombrero a Clemencia (yo lo ayudé a hacerlo). Creo que de ahí provino su desavenencia con el resto de la familia. Tonga lo trató de degenerado y uno de sus cuñados, que era albañil, lo trató de borracho. Soportó los insultos sin defenderse. Los insultos no lo ofendieron sino después de algunos días.

No recordaba su niñez sino en la desdicha. Durante nueve meses tuvo sarna, durante otros nueve conjuntivitis, según me contaba en los momentos en que cosíamos el sombrero. Tal vez todo eso contribuyó a hacerle perder la confianza en cualquier clase de felicidad para el resto de su existencia. A los dieciocho años, cuando conoció a Malvina, su prima, y que se ennovió con ella, tal vez presintió el desastre en el momento de darle el anillo de compromiso. En vez de alegrarse se entristeció. Se habían criado juntos: desde el momento en que resolvió casarse con ella supo que su unión no prosperaría. Las amigas de Malvina, que eran numerosas, dedicaron el tiempo a bordarle sábanas, manteles, camisones, con iniciales, pero nunca esa ropa, amorosamente bordada, fue usada por ellos. Malvina murió dos días antes del casamiento. La vistieron de novia y la pusieron en el ataúd con un ramo de azahares. El pobre Livio no podía mirarla, pero dentro de la oscuridad de sus manos, donde escondió los ojos aquella noche que la velaron, le ofreció su fidelidad con un anillo de oro. Nunca habló con ninguna otra mujer, ni siquiera con mis primas, que son feas; en las revistas no miró a las actrices. Muchas veces trataron de buscarle una novia. Las traían por las tardes y las sentaban en la sillita dc mimbre: una era rubia y con anteojos, la llamaban la inglesita; otra era morocha, con el pelo trenzado y coqueta; otra, la más seria de todas, era una giganta, con cabeza de alfiler. Fue inútil. Amó por eso a Clemencia entrañablemente, porque las mujeres no contaban para él. Pero una noche, un tío de esos que no faltan, con una risa burlona en los labios, quiso castigarlo por el sacrilegio que había cometido con la bata de la abuela, y de un balazo mató a Clemencia. Mezcladas al relincho de Clemencia se oyeron las carcajadas del asesino.

Qué tibia está el agua.

Genaro Vino

Genaro Vino tenía cara de liebre. Los ojos rubios, del color del pelo, parecían siempre inquietos. Miraba de reojo y jamás de frente. La boca diminuta, de labios finos, masticaba siempre una brizna de pasto, hojas de tabaco o un escarbadientes quebrado en tres partes. Era quintero, docto en cultivar tomates y lechugas. Su apellido inducía a la equivocación.

—Genaro Vino...

Antes de terminar la frase mi madre interrumpía al interlocutor:

—¿Dónde está?

—No sé.

—¿No dijiste que vino? —protestaba mi madre.

—Yo no dije que había venido —contestaba el interlocutor.

—Ah, Vino, el quintero —decía mi madre—. Siempre me olvido de su apellido. No me acostumbro a esos nombres raros.

Finalmente el interlocutor se olvidaba del motivo por el cual había nombrado a Genaro Vino.

Genaro Vino trabajaba en una chacra donde mi madre compraba verduras. Genaro enfermó y estuvo a punto de vender la chacra, pero descubrió en Magdalena a un curandero que lo curó de sus males.

Sara Conte

Sara Conte era de estatura mediana. Sin ser bonita era atractiva y aparentemente simpática. Tenía un modo de fruncir la nariz, cuando reía, que despertaba cierta ternura y confianza en los hombres. Su maldad apareció subrepticiamente: un día por una discusión, otro día por algún contratiempo, otro por celos o envidia que alguien le provocaba. Sus víctimas recibían regalos. Los primeros eran insignificantes, luego se volvían lujosos, intolerablemente valiosos. Un día le regaló a Cacho un prendedor de oro. Yo le previne a Cacho:

—Cuidado. Cuidado con los regalos de Sara. Quiere conquistarte.

Tuve razón: lo conquistó. Se apoderó de él.

Sara tenía un automóvil Cadillac en aquel tiempo y pasaba a buscarlo a Cacho, a las ocho de la noche, para pasear por Palermo. Allí detenía el automóvil debajo de un árbol y besaba a Cacho hasta enloquecerlo: así lo conquistó.

El agua está fría, una araucaria ocupa mi pensamiento. ¿Por qué en vez de personas sólo recuerdo árboles y algún animal o un perro negro que me seguía? Ahora sus ojos me persiguen, son ojos fieles, afiebrados. Se llama Efigenio. Está adiestrado, tiene un collar de adiestramiento. Le doy la orden de ladrar y ladra; de morder y muerde; de acostarse, se acuesta; de saltar, salta; de morir, muere. No le gusta el mar. La sal borra los olores, le picaba la lengua.

Otro árbol recuerdo: un paraíso con flores violetas, como margaritas perfumadas. Los árboles más grandes cubren el horizonte. ¿Estaré muriendo? ¿Si desaparece todo lo que estoy viendo desapareceré yo también, y los animales y el agua y el miedo y los ojos y todo el murmullo de las olas con el viento, y este manuscrito no escrito?

¡Moriré pronto! Si muero antes de terminar lo que estoy escribiendo nadie se acordará de mí, ni siquiera la persona que más quise en el mundo. ¿Existe esta persona? Creo que existe. No me abandonará jamás y me seguirá como una sombra divina que yo buscaré a mi lado, porque todo lo que uno busca aparece de pronto del modo más inesperado. Creo que el amor es compartido, que nunca nos abandona y que la gratitud existirá mientras existan los hombres. La vida nos enseña a ser agradecidos, de un modo o de otro. En la más grande ingratitud está escondida la gratitud.

No creo en la horrible apariencia de los hombres, en los más malos, en los más injustos. Hay momentos en que una luz perfecta los ilumina y prefieren morir a los pies de la inocencia o de la inteligencia. Cualquiera de las dos nos salva, aunque nadie lo crea. En el agua de mar he bebido la belleza del universo. Todos los animales acudieron a mi lado. No me dejaron sola, salvo para compartir la reunión perfecta de las plantas cuando los últimos efluvios del amor urdieron sus conciertos tan difíciles de entender. Los grillos fueron los primeros en llegar, cantaban con tanta insistencia que pensé que rompían mis tímpanos. Pero en el fondo del mar no hay grillos ni luciérnagas. ¿Por qué se producían estos milagros? Algo me aplaudía en el mundo para producir milagros. No lo comprendo. Sólo comprendo y cumplo en la paz que me deja. Apenas siento el latido de mi corazón. ¿Tendré realmente un corazón? ¿O en el agua de mar se habrá perdido? ¿Es mi corazón algo invisible que nadie palpará ni será el testigo de mi muerte? ¿Quién contestará a mi pregunta? ¿Quién que tenga voz y sabiduría responderá? Mejor es llorar cuando uno está triste. Pero el agua de mar es salada como nuestras lágrimas; mejor sería no llorar. Basta que el mar agite en olas sus lágrimas y nos lleve de un lugar a otro del mundo.

Estos días tan largos me recuerdan la ciudad. ¿Será tan parecida el agua, la convivencia con el agua, al resto de la vida? Hoy vine caminando hasta este jardín que llaman Jardín Zoológico. Lo primero que vi fue una gacela fuera de su jaula. Me acerqué, la tomé en mis brazos, la acaricié. Ninguna persona es tan bonita como un animal. Pienso esto desde que nací y ahora más que otros días porque me siento sola y la soledad me vuelve tierna. Abracé la gacela, la besé con amor. ¿Por qué dejó que la abrazara si antes huía de mi lado? Alcé los ojos y vi que me miraba y que alrededor de nosotras un mundo de animales nos rodeaba. Todos los animales de la creación nos rodearon: tigres, leones, caballos, tortugas, elefantes, serpientes, arañas, gatos, perros; hablaban entre ellos, se quejaban, bostezaban, dormían, corrían. ¿Por qué no había ningún hombre, ningún niño, ninguna mujer ni fea ni bonita? Caminé, me arrastré en busca de otro mundo, lejos de los animales; no lo encontré. Los monos me miraban con asombro. Eran tan horribles que miraba para otro lado, pero volvían a aparecer continuamente, con sus colores oscuros y su pelambre hirsuta. Quise hablarles. No me entendieron. Quise jugar con ellos, comprendieron. Me reí. Creo que me reí. Trataron de imitarme y trataron de hablar. No comprendí lo que decían, pero algo en los ojos nos unía y traté de revelarles el secreto de mi vida. El agua fue cruel conmigo aquel día. Volví a sentir el frío al sumergirme. ¿Podré vivir algún día en el agua?

Una noche extraña, ya sin animales, empecé a ver la forma de los árboles. Vi una enorme planta, era un aguaribay, el árbol de la pimienta. Me arrojé a sus pies y repetí su nombre indio, *mullí*, probé las hojas con gusto a pimienta.

Vi un pacará, «oreja de negro», lo llamaba mamá. Existe una leyenda sobre este árbol. Mamá me la contó: un indio espera a su amada. Las orejas del árbol la siguen esperando, ella nunca volverá, pero él la sigue esperando en sus orejas, pues ni el indio ni la amada vuelven.

Este libro
terminó de imprimirse
en Madrid
en septiembre de 2023

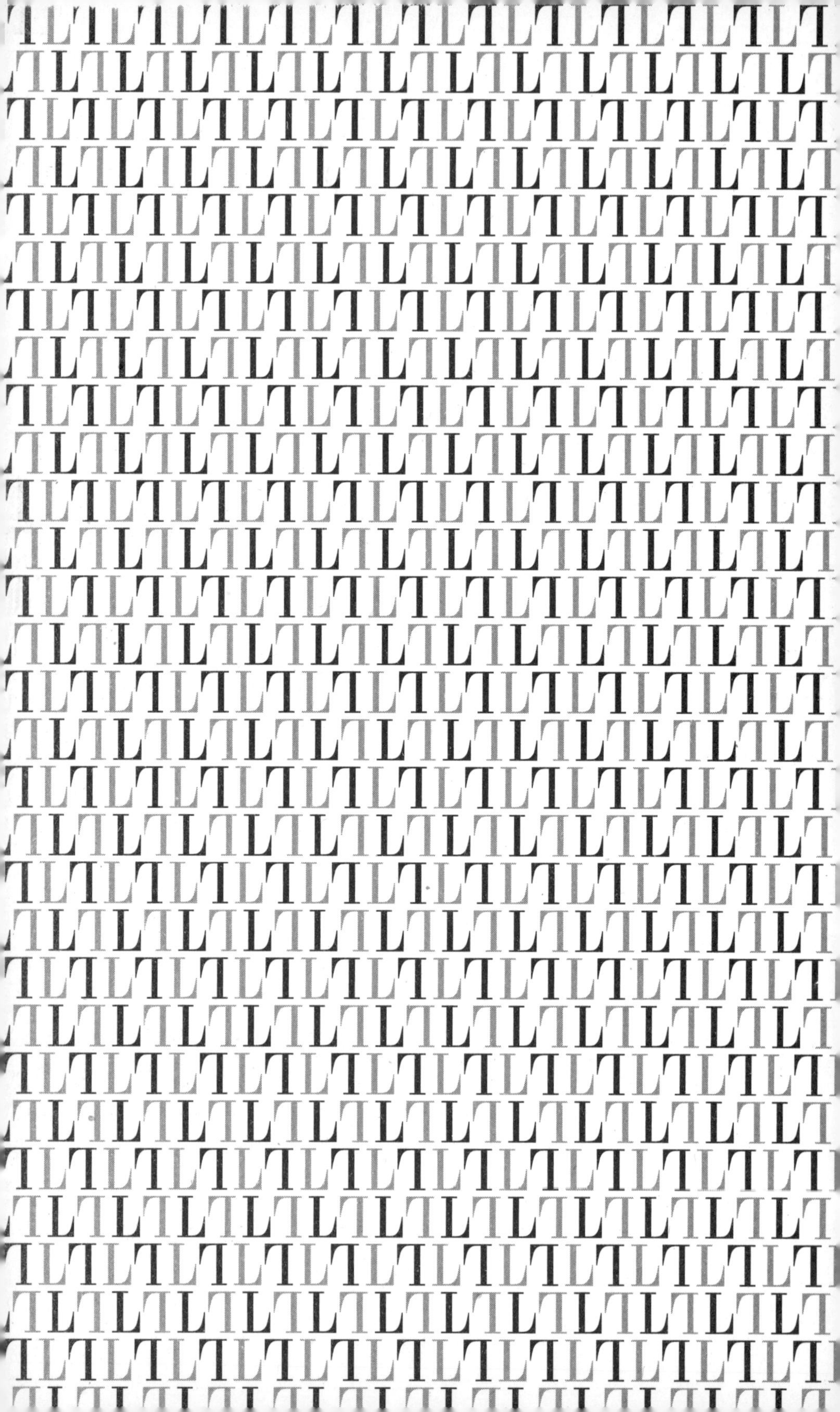